T. M. GLAW

HULDRYCHS ENDE

KRIMINALSATIRE

Widmung

Mit der Erscheinung
dieses Buches haben wir
zusammen mit der Druckerei FINIDR
einen neuen Baum gepflanzt.

Lektorat: Ulrike Parnow

Bibliografische Information der Deutschen Nationalbibliothek:
Die Deutsche Nationalbibliothek verzeichnet diese Publikation in der Deutschen Nationalbibliografie; detaillierte bibliografische Daten sind im Internet über http://dnb.de abrufbar

1. Auflage
Dr. Glaw + Lubahn GbR - Mediathoughts Verlag

Grafische Gestaltung: Florian L. Arnold
Druck und Bindung: Finidr, Printed in Česká republika

ISBN: 978-3-947724-44-4

»Alle Ding sind Gift und nichts ohne Gift.
Allein die Dosis macht, dass ein Ding kein Gift ist.«

Paracelsus (1493-1541)

Huldrych Librorius
verlegt Bücher und trinkt ein Glas Orangensaft zu viel

Christian Librorius schielt nach des Vaters Fränkli

Casper Kurt Casper ist ein Arschloch und ein geiler Kerl

Bertolt Bildric
verlegt Schlüpfriges und rutscht darauf nicht aus

Gundula Hexenstaller
verkauft Esoterika und verbreitet Furor

Georg Grundinger kann weit mehr als nur schwafeln

Felicitas Tattersall
steht für Kultur und will mit dem Kopf durch die Wand

Daniel Maier-Sanfts Liebe erfährt ein rüdes Erwachen

Hauptkommissar Lukas Lukaschonsky
füttert Dackel Waldemar mit Weißwürsten

und

Oberkommissarin Jana Vecera
löst den Fall und sitzt am Ende in einem Citroën DS

Freitag

Huldrych Librorius hatte geladen und alle kamen. Der Innenhof von Schloss Iringsburg, in einem sanften Flusstal südlich von München gelegen, war mit Fackeln erleuchtet, livrierte Diener öffneten die Türen teurer Limousinen, junge Männer in weinroten Jacken parkten die Luxuskarossen anschließend in der Tiefgarage. Ein liebevoll gepflegter Citroën DS fiel aus der Masse heraus. In ihm saßen drei Herren, die die meisten ihrer Bewunderer unter den Namen Theophilus von Laberheim, Plaudrian und Liberschwafel kannten. Die Herren waren im Hauptberuf Krankenpfleger, Hauptschullehrer und Gastwirt, aber ihre wahre Liebe gehörte der Literatur, deshalb begeisterten sie sich fürs Buchbloggen und gingen für ihre Autoren durchs Feuer. Aus genau diesem Grund hatte sie Huldrych Librorius heute Abend eingeladen.

Librorius war Verleger und Buchhändler. Nicht irgendein Verleger und nicht irgendein Buchhändler. Der Züricher Librorius Verlag war seit fünfzig Jahren eine der Trutzburgen der hohen Literatur, hatte ein Dutzend

Literaturnobelpreisträger unter Vertrag und wurde nicht müde, zu erklären, wie wichtig schöne Bücher für eine blühende Kultur seien. Auch im Buchhandel hatte es Huldrych mehr mit dem Klotzen als dem Kleckern. Am heutigen Abend sollte die Eröffnung seiner zweihundertfünfzigsten Buchhandlung im deutschsprachigen Raum gefeiert werden. Im Herzen Münchens hatte er einen seiner größten Konkurrenten aus dem Feld geschlagen und ein wahrer Buchtempel würde morgen in Anwesenheit des bayerischen Staatsministers für Wissenschaft und Kunst und des Münchner Oberbürgermeisters eröffnet werden. Ehre, wem Ehre gebührt.

Nachdem die Gäste das knapp vier Meter hohe Eingangsportal durchschritten hatten, erklommen sie eine dunkle, aus Mooreiche gefertigte Treppe in den ersten Stock, wo sich in einem hell erleuchteten Raum alles, was in Kunst, Kultur und Literatur Rang und Namen hatte, versammelte, um der Feier zum neuesten Schachzug des ungekrönten Königs der Buchwirtschaft den passenden Rahmen zu verleihen. Für derartige Veranstaltungen musste Huldrych seinem calvinistischen Herzen stets einen Stoß versetzen, auch wenn er wusste, dass heutzutage das Sein das Bewusstsein prägt. Über die Lippen gekommen wäre ihm ein solches Bekenntnis zum dialektischen Materialismus nie. Stattdessen hielt er in makellosem Smoking mit einem Glas Champagner in der Hand in der Mitte des Raumes Hof. Kellner in Livree stellten sicher, dass er in Strömen floss.

In just diesem Moment schoss eine dunkelgraue, runde Kugel durch den Saal, die sich als Dr. Egon Ederschmid, von seinen Freunden zärtlich ›Meister Eder‹ genannt, entpuppte. Huldrych gelang es, sein Champagnerglas von der rechten in die linke Hand zu nehmen, bevor er vom Vorsitzenden des bayerischen Buchhandelsverbands kräftig durchgeschüttelt wurde.

»Was für ein Fest, mein lieber Huldrych! Was für ein Fest! Sie haben diesen Abend mehr als verdient.«

Huldrych lächelte ein schmales Lächeln. »Vielen Dank, Egon. Ich weiß deine Unterstützung zu schätzen« Er gab sich immer Mühe, bei Veranstaltungen Hochdeutsch zu sprechen, aber er konnte seine Kindheit im Aargau nie ganz verbergen.

»Dieser Empfang hat fast etwas Royales, wieso ist das Fernsehen nicht da?«

»Weißt du, mir ist die Privatsphäre meiner Gäste wichtig und außerdem denken die Leute dann, der Librorius verdient zu viel Geld.«

Dr. Ederschmid bemerkte die drei Buchblogger, die in einer dem Abend wenig angemessenen Garderobe den Saal betraten. Theophilus von Laberheim trug ein weinrotes Samtjackett zu einem weißen Hemd und einer lila Fliege, Plaudrian hatte sich in einen dunklen Anzug gezwängt, der schon bessere Zeiten gesehen hatte, und Liberschwafel trug einen Trachtenjanker zu einer speckig glänzenden Lederhose. Aufmerksamkeit hatte eben in der Literaturszene ihren Preis. »Musstest du diese Vögel einladen?«, raunte Dr. Ederschmid.

»Was willst du, Egon? Die Herren haben zwar nur ein paar hundert Follower, wie das heute heißt, aber sie werden wahrgenommen. Sie sind, auch wenn sie das stets abstreiten, Teil einer Marketingmaschine und für ein paar Glas Champagner und ein nettes Büffet habe ich sie auf meiner Seite.«

»So siehst du das?«

»Ach komm, wir müssen uns doch nichts vormachen. Du siehst es doch genauso.« Er trank einen Schluck Champagner.

»Aber die drei, Huldrych?«

»Warum nicht, sie bringen etwas Farbe herein. Entschuldige mich einen Moment.«

Eine Dame mit grau-violettem Haar, die ein schwarzes, raschelndes Seidenkleid mit Netzärmeln trug, unter deren Brüsten ein goldenes Pincenez baumelte und die einen schwarzen Pudel an der Leine führte, hatte den Saal betreten und blickte sich suchend um. Huldrych Librorius ging gemessenen Schrittes auf sie zu, während die Gäste, die mit der Münchner Buchszene nicht vertraut waren, sie verstört ansahen. Huldrych ergriff ihre rechte Hand, die in einem schwarzen Spitzenhandschuh steckte und deutete einen Handkuss an.

»Wie schön, dass Sie kommen konnten, Gundula.«

»Schön, dass Sie sich meiner erinnern, Sie größenwahnsinniger Aargauer.«

Gundula Hexenstaller hatte es nicht nötig, sich einen öffentlichkeitswirksamen Namen auszudenken. Sie hieß wirklich so. Eingeweihte Kreise nannten sie die Gundel Gaukelei der Münchner Buchhändler. Sie war Inhaberin eines alteingesessenen esoterischen Buchladens in der Türkenstraße und bei allen Kulturveranstaltungen stets in der ersten Reihe. Wenn man in München erst einmal bekannt genug war, erhielt man selbstverständlich Freikarten. In der Staatsoper hatte man sie schon in der ehemals königlichen Loge gesehen. Gundula kannte eben den Finanzminister.

Ein livrierter Herr tauchte neben Huldrych auf und flüsterte ihm etwas ins Ohr.

»Genießen Sie den Abend, meine Liebe. Wir plaudern später weiter«, meinte er zu ihr.

Er wandte sich ab, durchmaß langsam den Raum, hier nickend, da eine Hand schüttelnd und blieb vor einigen Paravents stehen.

»Meine Damen und Herren, liebe Freunde. Es ist mir ein großes Vergnügen, Sie heute Abend hier zu begrüßen. Erfolg bedarf des Teilens und es ist mir ein Bedürfnis, den Erfolg unserer gemeinsamen Bemühungen um die Buchkultur in angemessenem Rahmen zu feiern. Das Buch ist nicht nur zurück in der Gesellschaft, es steht endlich wieder auf der großen Bühne. Greifen Sie zu, liebe Freunde.«

Bei diesen Worten trugen Bedienstete die Paravents zur Seite und gaben den Blick frei auf ein Büffet, das dem Geschmack des Hausherrn entsprach: Beinschinken im Teig, Luzerner Chügelipastetli, Spanferkel, Thurgauer Geflügelsalat, Innerschwyzer Fleischsalat, Schweinebraten mit Backpflaumen, Appenzeller Mostbröckli, Bündnerfleisch, Tessiner Salami und Zampone.

Die drei Buchblogger hatten sich strategisch so positioniert, dass sie unter den ersten am Buffet waren. Zurückhaltung galt bei den anderen Anwesenden ebenso wenig. Wieder einmal erwies sich Bert Brechts Bonmot ›Dummheit frisst, Intelligenz säuft‹ als falsch. Zumindest Kulturschaffende erfreuten sich an beidem.

»Das Herz im Leib dürfte dem alten Geizkragen zerspringen«, meinte Theophilus, als die drei mit voll beladenen Tellern einen Bistrotisch gekapert hatten.

Liberschwafel zuckte mit den Schultern. »Wieso? Er isst gerne, er trinkt gerne und er versteht sich auf Marketing.«

»Aber von Literatur hat er keine Ahnung!«

»Du vergisst, dass er den Librorius Verlag eigenhändig zu dem gemacht hat, was er heute ist.« Liberschwafel war Gastwirt und Brauer, hieß mit bürgerlichem Namen Georg Grundinger und verstand deutlich mehr vom Geschäft als seine zwei Kumpane.

***

Auch wenn das Buffet einiges auffuhr, was zu seinen Leibspeisen gehörte, hielt sich Huldrych Librorius vornehm zurück, wie es sich für einen Gastgeber gehört. Ein Kellner hatte ihm ein Glas Dôle aus dem Valais gebracht, als Caspar Kurt Casper neben ihm auftauchte. Fast überschlank und wie immer sonnengebräunt, trug der Feuilletonchef von Radio München an diesem Abend weißes Hemd und blauen Anzug, wie ihn jeder aufstrebende Manager im Moment trug. Seine nackten, aber ebenso gebräunten Füße steckten in schwarzen Monks. CKC, wie ihn Freund und Feind nannten, hielt ein Glas Champagner in der Hand und hatte sich noch nicht am Büffet bedient.

»Gratuliere zur Zweihundertfünfzigsten, Herr Librorius.«

»Danke. Sie sollten die Chügelipastetli probieren, Herr Casper.«

»Ich bin sicher, der Hausherr hat genügend bestellt. Ich habe da etwas läuten hören, dass Sie an der Buchpreisbindung sägen.«

»Sehen Sie hier eine Säge? Außerdem scheint mir das nicht der richtige Moment für ein Interview.«

»Das ist höchstens ein Hintergrundgespräch.«

»Sprechen Sie mit meiner Tochter, die ist für PR zuständig. Kommen Sie morgen zur Eröffnung?«

»Tut mir leid, da bin ich auf einem Symposium.« Er blickte sich suchend im Raum um und deutete dann auf einen zierlichen, jungen Mann mit einem rötlichen Struwwelkopf, dem ein dunkles Jackett um die Schultern schlotterte. Er stand etwas verloren an einem Tisch und stocherte auf seinem Teller herum. »Das ist Daniel Maier-Sanft, meine neueste Entdeckung. Kluger Junge, sehr belesen. Er wird morgen dabei sein.«

Huldrych wollte etwas antworten, als eine Dame mit einem reichlich beladenen Teller an ihren Tisch trat.

»Herr Librorius«, meinte sie mit einem Kopfnicken und fuhr zu Casper gewandt fort: »Auf der Jagd, CKC, oder ist das für die Kolumne ›Kultur trifft Kommerz‹?«

»Da könnte ich ja dich interviewen.«

Die hier so provozierend auftretende Dame hörte auf den Namen Elisabeth von Born und war alles andere als eine Revolutionärin, auch wenn sie sich ab und an gerne so gab. Sie besaß drei florierende Buchhandlungen im Süden von München, hatte gerade den dritten Ehemann in die Wüste geschickt und war als Sklaventreiberin berüchtigt. Ihre Mitarbeiterinnen – sie beschäftigte nur Frauen – sprachen von ›Bornout‹.

»Frau von Born«, meinte Huldrych und winkte einem Kellner, »trinken Sie ein Glas Dôle dazu.«

»Wie haben Sie es denn geschafft, dieses vermeintliche Juwel am Marienplatz dem anderen Kraken wegzuschnappen?«

»Ich vermute mit Schweizer Geschäftssinn«, beantwortete CKC die Frage.

»Wenn Sie das sagen, Herr Casper«, lächelte Huldrych. Er hatte schlicht und ergreifend mehr bezahlt, außerdem kannte er den Besitzer der Immobilie.

»Dass Sie es wagen, das Wort Buchkultur in den Mund zu nehmen, fasziniert mich. In Ihren Läden geht es doch nur um den schnöden Mammon.«

»Und warum bezahlen Sie die Buchhändlerinnen in Ihren schöngeistigen Tempeln so mickrig?«

»Woher ... woher wollen Sie das wissen?«

»In den letzten Jahren sind einige zu uns gewechselt.«

»Ich muss auch leben.« Sie schob sich eine Gabel voll Fleischsalat in den Mund: »Sagen Sie mal, ist da etwas dran an dem Gerücht ...«

»Dazu sagt er nichts«, kommentierte CKC.

***

Auf den Tisch der drei Buchblogger fiel ein Schatten und als sie von ihren fast geleerten Tellern aufblickten, stand ein Riese im Smoking vor ihnen, der ein Halstuch in Regenbogenfarben trug.

»Na, ihr drei Pfeifen«, meinte der Riese, »schlagt ihr euch wieder mal auf anderer Leute Kosten den Bauch voll?«

Bertolt Bildric war 1,95 Meter groß und breitschultrig. Sein üppiges Haar wogte in Locken und ein Schnauzbart erinnerte an Jimmy Hendrix. Bildric war Verleger. Nicht irgendein Verleger, sonst hätte ihn Huldrych nicht eingeladen. Der Riese hatte vor einigen Jahren seine Großtante Amalie beerbt und begonnen, kleinere Verlage aufzukaufen. Er bezeichnete sich gerne als ›der Große unter vielen Kleinen‹, was ihm bei seinen Kolleginnen und Kollegen in der Branche keine große Beliebtheit eingetragen hatte.

»Hallo, Großmaul«, antwortete Liberschwafel, während seine beiden Kollegen rot anliefen. »Seit wann lädt dich denn der etablierte Buchhandel ein?«

Die Verlage Bertolt Bildrics, den seine Freundinnen liebevoll BeBi nannten, veröffentlichte überwiegend Schlüpfriges, was man in der Tat weniger in den behüteten Kulturtankstellen des deutschen Buchhandels fand.

»Huldrych hat eben Sinn für Humor«, grinste der Riese.

»Da steckt doch garantiert mehr dahinter«, brummte Theophilus von Laberheim. »Diese Großbuchhändler schrecken vor nichts zurück.«

»Nicht einmal vor euch.« Bildric grinste. »Habt ihr gehört, dass er die Buchpreisbindung torpedieren will?«

»Das schafft er nie«, meinte der dritte im Bunde, Plaudrian, der auf den bürgerlichen Namen Helmuth Wiesengrund hörte und im wirklichen Leben Hauptschülern den Gebrauch der deutschen und englischen Sprache beibrachte. Letztere beherrschte er allerdings selbst nicht sonderlich gut. »Die großen Verlage geben doch den Ton an.«

»Wenn du dich da mal nicht täuschst. Gundel weiß irgendetwas, jedenfalls ist sie stinksauer.«

Die drei Blogger sahen einander irritiert an, dann suchte Liberschwafel mit den Augen nach Gundula Hexenstaller und begann, nachdem er sie gefunden hatte, sich einen Weg zu ihr zu bahnen.

Bildric nahm sein Glas vom Tisch, zuckte mit den Schultern und nahm seine Runde durch die angeregt plaudernden Gäste wieder auf.

***

Bedienstete hatten die hohen Türen auf den Balkon geöffnet und die kühle Nachtluft begann durch den Raum zu wehen. Huldrych stellte sein Glas auf einem unbesetzten Tisch ab und betrat den breiten Steinbalkon, von dem aus man das Loisachtal überblickte.

»Bist du glücklich?«, fragte Silvia Delgardis, die hinter ihn getreten war. Er erkannte ihre Stimme, drehte sich um und blickte ihr in die Augen.

»Was ist schon Glück.«

»Eine Griessuppe, eine Schlafstelle?«

Er lächelte. »Eher ein Glas Dôle und Chügelipastetli.« Er drehte sich wieder um, blickte über das Tal und nahm ihren Duft wahr, als sie neben ihn trat.

»Es ist immer wieder schön hier mit dir zu stehen«, meinte sie.

Er nickte nachdenklich. »Das ist heute mehr Pflicht als Kür, weißt du. Natürlich freue ich mich über den geschäftlichen Erfolg, aber wir werden ihn, wenn der Sturm vorüber ist, zusammen etwas stiller feiern.«

Sie schmiegte sich an ihn.

»Ich sollte da wieder rein. Die ersten scheinen zu gehen.« Damit strich er ihr leicht über die Schulter und betrat erneut den großen Saal.

Samstag

Er konnte nicht anders. Seine innere Uhr klingelte seit mindestens fünfzig Jahren um sechs. Heutzutage rekelte er sich gerne zehn weitere Minuten im Bett, bevor er die Beine heraus schwang und in die alten Pantoffeln schlüpfte. Seine Tochter hatte ihm ein neues Paar geschenkt. Vor ein paar Jahren. Zu Weihnachten. Er hatte sich bedankt und die Schuhe ignoriert.

Zwanzig nach sechs durchmaß er langsam den Gang vom Südflügel des Schlosses zu den Räumlichkeiten, in denen er gestern die Gäste empfangen hatte. Die Gespräche hatten ihn amüsiert. Die meisten, die sich in diesem Gewerbe bewegten, hatten keine Ahnung. Letztlich ging es nur um Geld. Ausschließlich wenn man genug davon verdiente, konnte man es sich leisten, unbekannte Autoren, die etwas zu sagen hatten, in das Programm zu nehmen und zu fördern. Nur wenn man als Buchhändler groß genug war, konnte man vernünftige Rabatte mit den Verlagen aushandeln.

Er öffnete den rechten Flügel der Türen in den Saal, um den anbrechenden Morgen auf dem großen Balkon zu genießen. Die dienstbaren Geister hatten getan, wofür sie bezahlt wurden. Der Raum war gelüftet, nur ein Hauch von Zigarrenrauch hing in der Luft. Auf einem Tisch stand noch die Schüssel mit Orangen und die Orangenpresse. Er fragte sich, ob seine Tochter, die seine Vorliebe für einen frühen Orangensaft kannte, das angeordnet hatte. Egal. Es war ein guter Beginn für diesen Samstag. Er presste sich zwei Orangen in ein Glas, fügte aus der Kühlbox einen Eiswürfel hinzu und betrat den Balkon, auf dem er gestern mit Silvia gestanden hatte. Silvia. Die letzten drei Jahre hatte er so nicht geplant. Sein ganzes Leben, zumindest der erwachsene Teil davon, war geplant gewesen. Silvia hatte ihn aus heiterem Himmel getroffen. Er atmete die kühle Luft des frühen Morgens tief ein, ließ seinen Blick über das Loisachtal schweifen, schwenkte den Eiswürfel in seinem Glas und leerte es in drei langen Zügen.

Zwei Minuten später war er tot.

Maria Dössegger betrat kurz nach sieben den Saal. Auf dem Tablett, das sie in der Hand hielt, befand sich eine gefüllte Teekanne, ein Kännchen Milch und eine große Tasse. Sie stand seit über 25 Jahre im Dienst von Huldrych Librorius und kannte seine Gewohnheiten besser als er selbst. Nach einem Glas Orangensaft und einem morgendlichen Spaziergang waren es zwei große Tassen Tee mit Milch, die ihr Arbeitgeber zu sich nahm. Als sie Huldrych auf der Terrasse liegen sah, stellte sie das Tablett auf dem Tisch neben der Schale mit den Orangen ab und ging unsicheren Schrittes auf ihn zu. Hysterie war nie Teil des Aarauer Charakters gewesen. Sie ging in die Knie, fühlte seinen Puls, schloss die Augen in seinem verzerrten Gesicht und strich ihm über die kalte Stirn. Sie war immer der Meinung gewesen, dass ihr Chef sich zu viel zumutete, dass er zu viel wollte, dass seine Kinder ...

Huldrych war tot. Es war offensichtlich. Der Mann, den sie seit einem Vierteljahrhundert bewundert, sogar geliebt hatte, war nicht mehr. Sie holte tief Luft, ließ seine Hand sinken, verließ den Saal und wählte auf dem nächsten Telefon die 112.

»Ich habe gerade Huldrych Librorius tot auf dem Balkon gefunden.«

»Und Sie sind?«, wollte die anonyme Stimme wissen.

»Maria Dössegger.«

»Von wo rufen Sie an?«

»Von Schloss Iringsburg. Ich bin die Hausdame.«

»Und der Mann ist tot?«

»Er fühlt sich kalt an.«

»Wir schicken Ihnen den Notarzt und die Polizei.«

***

Anderthalb Stunden später fuhr ein taubenblauer BMW 2002 tii auf den Hof. Ihm entstieg ein kaum 1,65 Meter großer Mann, um dessen Knie ein Trenchcoat schlotterte und in dessen linkem Mundwinkel ein kalter Zigarrenstummel hing. Kriminalhauptkommissar Louis Lukaschonsky betrat mit gewohnter Lässigkeit den vermeintlichen Tatort. Hinter ihm verließ Dackel Waldemar den Wagen, der im Präsidium so lange gebellt hatte, bis er ihn mitgenommen hatte. Lukaschonsky hatte sich mit

Mitte zwanzig entschlossen, Recht und Gesetz zu mehr Achtung zu verhelfen und die Polizeischule besucht. Dank eines ausgeprägten Talents zur Selbstdarstellung hatte er es bis zum Hauptkommissar gebracht. Seine beachtlichen Ermittlungserfolge verdankte er weniger seinen kriminalistischen Fähigkeiten als jenem langbeinigen Wesen, das gerade die Treppe herunterkam. Kriminaloberkommissarin Jana Vecera zeichnete sich nicht nur durch ihr langes, blondes Haar und Körbchengröße D aus, sie überragte ihren Chef auch um Haupteslänge und besaß mehr Grips als er und Waldemar zusammen.

»Jana, was haben wir denn hier Schönes?«, fragte Lukaschonsky, während Waldemar um ihre Beine strich und um eine Streicheleinheit bettelte, was sein Herrchen höchstens nach dem dritten Bier versuchte und sich bisher immer eine Abfuhr eingehandelt hatte.

»Der Notarzt geht von einem Herzinfarkt aus, die Haushälterin ebenso, die Tochter hat einen Nervenzusammenbruch und der Sohn ist verkatert.«

»Das heißt, ich kann wieder fahren? Was soll denn das? Warum lassen Sie mich in aller Herrgottsfrüh hier herauskurven?«

Sie lächelte und blickte ihren Chef, dessen Wangen sich gerötet hatten, von oben an. »Ich habe nicht nur Sie, sondern auch unsere Spurensicherung und Doktor Goldstein verständigt.«

In diesem Moment fuhr der graue Kombi der Kriminaltechniker auf den Hof, gefolgt von einem dunkelgrünen Jaguar, dem ein älterer, elegant gekleideter Herr entstieg, der eine altmodische Doktortasche vom Rücksitz nahm und zu ihnen hinüber schlenderte.

»Jana, was soll der Auftrieb, wenn der Mann an einem

Herzinfarkt gestorben ist?« Lukaschonsky war laut geworden.

Doktor Goldstein war bei ihnen angelangt und blickte Jana durch seine goldumrandete Brille an. »Herzinfarkt?«

»Guten Morgen, Herr Doktor«, antwortete Jana. »Das ist die Meinung Ihres anwesenden Kollegen.«

»Und Sie sind wieder einmal anderer Meinung?«

»Sie kennen doch meine Meinung zu niedergelassenen Ärzten und Forensik.«

Der Arzt, der ihre Meinung offenbar teilte, sah sie auffordernd an.

»Im Gegensatz zu Herrn Lukaschonsky hatte ich die Gelegenheit, den Schauplatz des vermeintlichen Herzinfarkts unter die Lupe zu nehmen und den Toten einer kurzen Betrachtung zu unterziehen.«

Sie sagte ›Betrachtung‹, denn sie wusste, dass Goldstein auf das Wort ›Untersuchung‹ allergisch reagierte. Das war sein ärztliches Vorrecht.

»Und was ist dabei herausgekommen?«, fragte Hauptkommissar Lukaschonsky ungeduldig.

»Der Orangensaft, den der Verstorbene kurz vor seinem Tod zu sich genommen hatte, wies einen merkwürdigen Geruch auf und es gab Hautverfärbungen und Schleimhauteinblutungen im Mundbereich.«

Doktor Goldstein zog die Augenbrauen hoch, tätschelte Jana den Oberarm und sagte: »Das haben Sie gut gemacht, Kindchen. Wo liegt denn unsere schöne Leiche?«

»Gehen Sie die Treppe hoch, aber lassen Sie bitte erst die Jungs von der Spurensicherung ein Blick auf den Tatort werfen.«

Drei Herren in weißen Overalls hatten bereits neben ihnen Aufstellung genommen. Waldemar bellte und

Lukaschonsky hatte die Arme in die Hüften gestemmt. »Ich habe immer noch keine Ahnung, worum es hier geht!«

»Wenn Ihre reizende Kollegin Recht hat, lieber Herr Kriminalhauptkommissar, um Mord mit Hilfe von Zyankali«, meinte der Rechtsmediziner und bedeutete den Kriminaltechnikern, ihm zu folgen.

Lukaschonsky blickte zu seiner Kollegin auf. »Ernsthaft, Jana?«

»Ernsthaft, Louis. Außerdem hatte Kriminaldirektor Biedermann mich angerufen, weil er dich nicht erreichen konnte. Der Verstorbene ist offenbar so etwas wie ein VIP.«

»Um wen handelt es sich?«

»Einen gewissen Huldrych Liborius. Geschäftsmann, Verleger. Schwer reich. Verwitwet, Vater von zwei erwachsenen Kindern. Schweizer Staatsbürger mit Zweitwohnsitz hier.«

»Und was außer Geld macht ihn zum VIP?«

»Unter anderem hat er hier gestern die Eröffnung seiner 250. Buchhandlung mit einer größeren Gästeschar gefeiert. Die Teilnehmerliste liest sich wie das Who's Who der Münchner Kulturszene.«

»Und was haben wir?«

»Eine Leiche und meinen Verdacht. Du solltest es dir anschauen, aber Waldi bleibt besser in deiner Rappelkiste.«

»Das ist ein Oldtimer und ein teurer dazu! Und Waldemar ...«

»... bleibt unten. Wenn der wie beim vorletzten Mal auf den Tatort stürmt ...«

Lukaschonsky erinnerte sich dunkel an den Anpfiff, den er von seinem obersten Chef bekommen hatte, weil sein Dackel angeblich ›Beweise‹ zerstört hatte. Nachdem er den besten Freund des Menschen widerstrebend in sein Körbchen auf dem Rücksitz des altersschwachen BMWs verfrachtet hatte, folgte er Jana die breite Treppe hinauf in den ersten Stock.

Sie betraten den großen Ballsaal, dessen doppelflügelige Tür mit Trassierband versperrt und von einem uniformierten Beamten bewacht wurde, durchquerten ihn und sahen, wie Dr. Goldstein ungeduldig darauf wartete, dass die Beamten der Spurensicherung ihre Arbeit beendeten.

»Sie finden doch sowieso nichts mehr«, brummelte er den braun gebrannten, blonden und baumlangen Hamburger Jens Stepprath an, der sich in die Münchner KTU verirrt zu haben schien.

»Sie kennen doch den Drill, Doktorchen«, bekam er mit hanseatischer Ruhe als Antwort. »Das Gras wächst nicht schneller, wenn man dran zieht.«

»Herr Stepprath«, sagte Jana.

»Was denn?«

»Da drin steht so etwas wie eine Saftpresse und eine Schüssel mit Orangen. Nehmen Sie die bitte mit, die Toxikologen sollen sich das ansehen.«

»Auf was? Vitamin C?«

»Ich dachte, Sie hätten vor fünf Minuten neben mir gestanden.«

Stepprath grinste und widmete sich weiter der Kleidung und dem Umfeld des Toten. Einige Minuten später hieß es: »Sie können jetzt, Doktor.«

Dr. Goldstein befühlte den Kiefer, anschließend die Handgelenke und Finger.

»Können Sie uns schon etwas zum Todeszeitpunkt sagen?«, fragte Lukaschonsky.

»Legen Sie mal ‘ne neue Platte auf, Herr Lukaschonsky.«

»Die Hausdame hat ihn kurz nach sieben gefunden und 112 gewählt. Sie sagte, dass er immer kurz nach sechs aufstand«, meinte Jana.

»Das deckt sich mit der Leichenstarre, wenn man die Außentemperatur in Betracht zieht. Am Kiefer hat sie definitiv schon eingesetzt.« Er öffnete den Mund mit einem Holzspatel, schnupperte kurz und meinte dann: »Ich nehme ihn mit. Wir sollten unbedingt auf Blausäure testen.«

»Hast du mit der Haushälterin gesprochen?«, fragte Lukaschonsky.

»Nur kurz auf dem Balkon. Ich dachte, du wolltest dabei sein.«

Er nickte wohlwollend. »Wo finden wir sie denn?«

»Sie bewohnt eine Wohnung im oberen Stock.«

Sie liefen die Treppe hoch und Jana klopfte an einer dunklen Holztür, die kurz darauf von einer älteren Frau in einem dunklen Kleid geöffnet wurde.

»Kripo München, Frau Dössegger. Wir hatten vorhin schon kurz gesprochen. Das ist mein Chef Kriminalhauptkommissar Lukaschonsky.«

»Kommen Sie bitte herein.« Ihr Schweizer Akzent war nicht zu überhören.

Sie führte sie in ein großzügiges Wohnzimmer, das geschmackvoll möbliert war, und deutete auf zwei gestreifte, im Biedermeierstil bespannte Sessel. »Darf ich Ihnen etwas anbieten?«

Während Jana den Kopf schüttelte, meinte Lukaschonsky, der immer noch seinen Trenchcoat trug und auf der Kante des Sessels saß: »Eine Tasse Kaffee wäre nett.«

»Einen Augenblick, Herr Kommissar.«

»Wir sind hier zum Arbeiten, nicht zum Kaffeetrinken«, meinte Jana leise. »Die Uhr tickt.«

Lukaschonsky zuckte mit den Schultern und wenig später kam Frau Dössegger mit einem Silbertablett zurück, auf dem sich eine Porzellankanne und zwei Tassen befanden.

»Ich dachte mir, Sie möchten vielleicht auch einen Schluck Kaffee, Frau Vecera.«

Jana schüttelte leicht den Kopf, sagte aber dann doch: »Gerne.« Wenn Louis hier schon Zeit verplempern wollte, konnte sie auch einen Kaffee trinken.

Nachdem Frau Dössegger den beiden eingeschenkt hatte, nahm sie auf dem gegenüberstehenden Sofa Platz, die Hände auf dem Schoß gefaltet. Nur ihre geröteten Augen deuteten darauf hin, dass ihr die Situation nahe ging.

»Was genau machen Sie hier im Haus?«, wollte Lukaschonsky wissen.

»Ich bin die Hausdame.«

Lukaschonsky blickte sie fragend an.

»Ich stehe dem Haushalt vor, Herr Kommissar. Hier, in unserem Haus in Zürich und in unserem Landhaus am Hallwiller See.«

»Und seit wann arbeiten Sie für Herrn ...«, er sah Jana fragend an. »Librorius«, ergänzte die.

Frau Dössegger blieb ruhig, doch Jana spürte eine leichte Irritation. »Seit über 25 Jahren.«

»Können Sie mir berichten, was heute Morgen geschehen ist?«

»Wir hatten gestern einen großen Empfang mit etwa 150 Gästen. Heute wird in München am Marienplatz unsere 250. Buchhandlung im deutschsprachigen Raum eröffnet und Herr Librorius wollte das mit einigen Freunden und Geschäftspartnern aus München würdig feiern.«

»Gibt es eine Teilnehmerliste?«, fragte Jana.

»Gewiss, Frau Vecera.«

»Gab es irgendetwas Besonderes gestern Abend?«, wollte Lukaschonsky wissen. »Gab es Streit, eine Auseinandersetzung?«

Frau Dössegger blickte ihn belustigt an. »Natürlich nicht. Es war ein großartiges Fest. Warum wollen Sie das alles wissen? Der Arzt sagte doch, er sei an einem Herzinfarkt gestorben, wie ich vermutet hatte.«

Bevor Lukaschonsky etwas sagen konnte, das er später bereut hätte, erwiderte Jana: »Wir betrachten es im Moment als einen unklaren Tod. Der Gerichtsmediziner, der hinzugerufen wurde, wird die Leiche im Institut einer Untersuchung unterziehen.«

»Sie machen eine Leichenschau? Sie wollen Herrn Liborius ...« Sie sprach das Wort nicht aus, aber ihrem Gesicht war anzusehen, dass sie ›Aufschneiden‹ dachte.

»So ist das Gesetz in Deutschland, Frau Dössegger. Ich bin sicher, in der Schweiz ist das nicht anders.«

Die Hausdame schwieg und blickte auf ein Ölgemälde, das an der Wand hinter den beiden Kriminalbeamten hing. Jana erinnerte es an eine Gebirgslandschaft.

Dann kreuzte Frau Dössegger die Arme vor ihren Brüsten. »Herr Liborius war ein erfolgreicher Geschäftsmann, da macht man sich nicht nur Freunde. Darüber sollten Sie mit seinen Kindern sprechen, möglicherweise wissen die mehr.«

Sie hatte die Augenbrauen leicht hochgezogen, was Lukaschonsky entging, da er auf seine Kaffeekasse starrte und sich nicht sicher war, ob er sie selbst nachfüllen durfte.

»Möchten Sie eine Tasse Kaffee, Herr Kommissar?«

Ehe er antworten konnte, warf Jana demonstrativ einen Blick auf ihre Armbanduhr. Lukaschonsky stellte die Tasse resigniert auf den polierten Kirschholztisch. »Lieber nicht, Frau ...« »Dössegger«, soufflierte Jana. »Wir müssen unten weitermachen und ich muss nach Waldemar sehen.« Auf den fragenden Gesichtsausdruck Frau Dösseggers reagierte er nicht.

Nachdem er zuerst die Tür durchschritten hatte und die Treppe nach unten lief, zupfte die Hausdame Jana am Ärmel. »Ist das Ihr Chef?«, fragte sie leise.

Jana nickte.

»Und wer ist Waldemar?«

»Sein Dackel. Was halten Sie von Herrn Librorius' Kindern und wo finden wir sie?«

»Dazu möchte ich mich nicht äußern. Wissen Sie, Diskretion ist Teil meiner Aufgaben hier. Sie bewohnen zwei Appartements im ersten Stock, wenn sie hier sind, im Nordflügel«

»Vielen Dank. Wenn wir das Ergebnis der Autopsie haben, werden wir Sie wieder aufsuchen.«

»Heißt das, ich kann nicht zurück nach Zürich?«

»Wir würden Sie bitten, sich ein oder zwei Tage zu unserer Verfügung zu halten. Sie wollen doch sicher wissen, was wirklich mit Ihrem Chef geschehen ist. Mochten Sie ihn eigentlich?«

»Arbeitet man über 25 Jahre eng mit einem Mann zusammen, den man nicht mag?«

»Vielleicht«, antwortete Jana, aber sie lächelte dabei. Auf dem Weg zur Treppe drehte sie sich noch einmal um. »Denken Sie bitte daran, mir die Liste mit den Teilnehmern zu bringen?«

»Gewiss.«

***

Ein Stockwerk tiefer blickte sie in die blauen Augen des leitenden Spurensicherers.

»Wir haben den Orangenkram samt Presse eingetütet, auch das Glas. Glauben Sie ernsthaft, dass er so umgebracht wurde?«

In diesem Moment kam Maria Dössegger durch die Tür und drückte Jana mehrere eng beschriebene Seiten in die Hand. »Das ist die Teilnehmerliste. Die mit einem Häkchen dahinter waren anwesend.«

»Ist das nicht ein wenig penibel?«, ließ sich der lange Hamburger vernehmen.

Die Hausdame lächelte verschmitzt. »Das war eine Marotte von Herrn Librorius. Wer ihn dreimal hintereinander versetzte, wurde nicht mehr eingeladen.«

Die beiden Kriminalbeamten schmunzelten.

»Ach Frau Dössegger, eine Frage noch«, meinte Jana. »Diese Orangenpresse, war die nur für Herrn Librorius?«

»Nein, die steht normalerweise in der Küche. Gestern haben wir sie aber für das Buffet hierhergeschafft, damit wir frisch gepressten Orangensaft anbieten konnten.«

»Die Saftpresse stand seit gestern hier?«

»Ja, seit gestern Nachmittag.«

Jens Stepprath zog die Augenbrauen hoch und Jana sagte: »Vielen Dank, Frau Dössegger. Die Appartements der Kinder sind da hinten, oder?« Sie deutete nach rechts.

»Richtig. Brauchen Sie mich noch?«

»Im Moment nicht.«

»Du weißt, was das heißt?«, fragte Stepprath.

»Wenn ich Recht habe, hat da jemand Russisch Roulette gespielt. Schaut euch jede Orange einzeln an.«

Sie schob sich die Teilnehmerliste in die linke Gesäßtasche ihrer Jeans und ging in den Nordflügel des Schlosses. In der Mitte des dunklen Ganges befand sich auf jeder Seite eine Tür mit einem Klingelknopf daneben, jedoch ohne Namensschild. Jana läutete zunächst rechts. Auch nach dem zweiten Klingeln öffnete niemand die Tür.

Hinter ihr erschien Lukaschonsky im Gang und rief »Jana! Was machen Sie da?«

Sie drehte sich um. »Ich versuche, mit den Kindern zu sprechen.«

»Warum haben Sie mich nicht gerufen?«

»Sie verschwanden gerade mit Waldemar im Garten.«

Lukaschonsky brummte irgendetwas, als Jana den zweiten Klingelknopf drückte. Zumindest hörte sie ein Läuten. Kurz darauf öffnete ein junger Mann in Jeans und schwarzem Rollkragenpullover die Tür.

»Wer sind Sie denn?«

»Lukaschonsky, Kriminalpolizei. Das ist die Kollegin Vecera.«

Nachdem er eine Minute lang in seinen Manteltaschen nach dem Dienstausweis gewühlt hatte, zog Jana ihren aus der Hosentasche und zeigt ihn vor.

»Herr Librorius?«

»Ja.«

»Wir untersuchen den Tod Ihres Vaters.«

»Das war doch ein Herzinfarkt. Seit wann kommt da die Kripo?«

»Dürfen wir kurz hereinkommen?«, fragte Jana und lächelte den jungen Mann an.

»Wenn es sein muss, bitte.«

Er hielt den beiden die Tür auf. Sie betraten einen großen Raum, der sich durch einige großformatige Gemälde, zwei Ledersofas und mehrere dunkelbraune Ledersessel auszeichnete.

»Nehmen Sie Platz«, meinte der junge Mann. »Gibt es irgendwelche Zweifel am Tod meines Vaters?«

»Wie kommen Sie darauf?«, fragte Jana.

Christian Librorius lachte verhalten. »Mein Vater mochte keine Kriminalromane. Ich schon. Zumindest die guten. Wenn die Polizei beginnt, Fragen zu stellen, stimmt etwas nicht. Wollen Sie mir verraten, was nicht stimmt?«

Lukaschonsky saß, wie gewohnt, auf der Kante eines jener überaus bequemen Ledersessel und sagte nichts.

»Unser Gerichtsmediziner hat die Todesursache auf ›unklar‹ revidiert.«

»Und Sie hatten sicher etwas damit zu tun, Frau Vecera.«

»Wie kommen Sie darauf?«

»Intuition.«

»Waren Sie gestern Abend bei dem Empfang?« Lukaschonsky versuchte, ernst zu schauen.

»Vater hatte mich und Daniela gebeten, dabei zu sein. Sonst wären wir gar nicht hier. Ich hätte, weiß Gott, Besseres zu tun, als auf diesem dämlichen Schloss herumzuhängen.«

Jana sah Lukaschonsky an, aber der zeigte keine Reaktion. »Ihre Schwester hat die Tür nicht geöffnet.«

»Lassen Sie sie in Ruhe. Vaters Tod hat sie ... wie sagte man früher ... ins Mark getroffen.«

»Und Sie?«

»Vater war herzkrank. Wir wussten es alle. Aber er machte einfach weiter. Und dann diese ...«

»Ich verstehe nicht«, erwiderte Jana.

Christian Librorius holte tief Luft. »Da gibt es nichts zu verstehen, aber Sie haben mir immer noch nicht erklärt, warum sich die Kriminalpolizei mit dem Tod meines Vaters befasst.«

»Wir sind uns nicht sicher, ob Ihr Vater eines natürlichen Todes verstorben ist«, ließ sich Lukaschonsky vernehmen.

Jana erstarrte.

»Was wollen Sie damit sagen?«

Bevor Lukaschonsky den nächsten Fehler begehen konnte, antwortete Jana: »Einige Umstände sind unklar, Herr Librorius. Zudem haben Sie meine letzte Frage nicht beantwortet.«

»Da gibt es nichts zu beantworten.«

»Hatte Ihr Vater Feinde?«, wollte Lukaschonsky wissen.«

»Was soll denn das alles? Ist er ermordet worden?«.

»Wie kommen Sie darauf?«, fragte Jana.

»Denken Sie mal über Ihre Fragen nach. Und jetzt gehen Sie besser. Meine Schwester können Sie frühestens morgen sprechen.«

Als sie das Appartement des jungen Mannes verließen, schloss ein Herr in einem hellgrauen Anzug die Tür gegenüber.

»Waren Sie bei Daniela Librorius?«, fragte Jana.

»Ich wüsste nicht, was Sie das angeht.«

»Kriminalpolizei. Kriminaloberkommissarin Jana Vecera. Und Sie sind?«

»Doktor Unterstößer. Ich bin der Hausarzt und kümmere mich um die Familie, wenn sie in Deutschland sind.«

»Wie geht es Daniela?«, wollte Jana wissen.

»Der unerwartete Tod ihres Vaters hat sie sehr mitgenommen. Ich habe ihr ein Beruhigungsmittel gespritzt. Was wollen Sie denn von ihr? Warum befasst sich die Polizei mit diesem Fall?«

»Weil die Todesursache unklar ist, Herr Doktor. Würden Sie mir bitte Ihre Kontaktdaten geben? Wir müssen Sie später sicher noch einmal kontaktieren.«

Wenn es Dr. Unterstößer verstörte, ließ er es sich zumindest nicht anmerken und reichte Jana seine Visitenkarte.

»Was hältst du von dem Ganzen?«, fragte Lukaschonsky, als sie die Treppe zum Hof hinunterschritten.

»Warten wir doch einfach auf die Gerichtsmedizin und dann bleiben die üblichen Fragen. Wer profitiert von seinem Tod? Hatte er Feinde? Gab es geschäftliche oder familiäre Auseinandersetzungen?«

Waldemar leckte die Scheibe des BMW und japste vor Freude, als Lukaschonsky die Tür öffnete.

»Wir sehen uns Montag, Jana.«

Aus dem Augenwinkel sah Jana, wie die Gestalt Christian Librorius‘ vom Fenster weg zurück in den Schatten trat.

Sonntag

Jana wachte kurz nach neun auf. Sie war am Nachmittag des vorangegangenen Tages direkt nach Hause gefahren, hatte auf dem Balkon ihrer Wohnung den Blick über die Isar genossen, einen Zigarillo angezündet und ein wenig Cognac in einem großen Schwenker kreisen lassen.

Es hatte nichts gebracht.

Sie hatten zu viele Verdächtige, kein Motiv und einen toten VIP. Es war nur eine Frage der Zeit, bis der Polizeipräsident, der keine Ahnung von Polizeiarbeit hatte, Druck machen würde, es war nur eine Frage der Zeit, bis Lukaschonsky den nächsten Fehler begehen würde.

Warum half sie ihm immer wieder?

Mutterinstinkt?

Sie hatte schon genug solche Typen in den 36 Jahren ihres Lebens kennengelernt.

Das Wasser der Dusche fühlte sich warm auf ihrer Haut an, die Tropfen erregten sie, erinnerten sie an einen Abend in Marokko letzten Herbst. Ein schöner Abend.

Kaum hatte sie sich das Duschtuch um ihre Lenden geschlungen, klingelte das Telefon. Unterdrückte Nummer.

»Ja.«

»Jana. Louis hier, was haben wir?«

»Seit wann rufst du am Sonntagmorgen an? Wir haben nicht mehr als gestern. Vor Montag geht da nichts.«

»Wirf mal einen Blick auf die Presse, Jana. Ruf mich an.«

Sie hatte Lukaschonsky in den letzten Jahren nie besonders gestresst erlebt und fragte sich, was anders war. Nachdem sie in einen weißen Jogginganzug geschlüpft war, schnappte sie sich ihr iPad und rief die Seite der Abendzeitung auf. ›Giftmord auf Schloss Iringsburg‹ lautete die fünf Zentimeter große Schlagzeile. ›Verleger stirbt nach Galaempfang‹ stand etwas kleiner darunter. Ein Bild Lukaschonskys neben seinem alten BMW zierte ebenfalls die Titelseite. Der Rest war die übliche Mischung aus den wenigen bekannten Tatsachen und den hinter vorsichtigen Formulierungen verborgenen Spekulationen der Journalisten. Im München-Teil war ein groß aufgemachter Bericht über die Eröffnung der neuen Buchhandlung.

Sie griff ihr Handy und rief Lukaschonsky zurück.

»Und?«, fragte der.

»Na ja, die Brüder haben nichts und das breiten sie auf einer ganzen Seite aus. Was soll's.«

»Wir brauchen schnellstmöglich einen Täter!«

»Einen oder den?«

»Jetzt lass doch deine Haarspaltereien! Biedermann will am Montagmorgen eine Pressekonferenz abhalten und ich soll den Fall referieren.«

»Das wird dann eine kurze Pressekonferenz.«

»Jana!«

»Louis, wir haben nichts. Vor Montag bekommen wir die Ergebnisse von der KTU und Goldstein nicht. Vorher können wir keine Mordermittlung einleiten.«

»Dann stehen wir bei der Pressekonferenz nackt da.«

Sie legte auf.

***

»Wie genau stellen Sie sich das vor, Frau Hexenstaller?«

Sie saßen einander im Café Proust gegenüber.

»Ich brauche einen Kredit in Höhe von einer Million.«

»Sie sind schon sechsstellig verschuldet und haben nicht die Sicherheiten für einen solchen Kredit.«

»Hören Sie mir zu, Kleinschmidt. Die ersten drei Buchhandlungen laufen prima. Nachdem Librorius das Zeitliche gesegnet hat und niemand, ich betone niemand, seinen Laden adäquat weiterführen kann, muss ich jetzt zuschlagen. Ich will diese anderen drei Buchhandlungen.«

»Sie haben doch überhaupt keine Erfahrung mit Geschäftslokalen dieser Größenordnung.«

»Was wissen Sie denn? Besorgen Sie mir diesen Kredit und es soll nicht Ihr Schaden sein. Der König ist tot, es lebe die Königin.«

***

Jana saß auf ihrem kleinen Balkon, hatte den Jogginganzug gegen Jeans und Baumwollpullover getauscht und ging die Gästeliste durch. Es war eine schräge Mischung. Neben den üblichen Kulturjunkies fanden sich ein Kneipenwirt, ein Lehrer und ein Krankenpfleger. Was hatten die dort zu suchen?

Andere Buchhändler? Da gab es einige. Neid?

Aber warum dieses Russisch Roulette? War wirklich nur eine Orange vergiftet? Oder doch mehrere und die Gäste hatten einfach nur Glück gehabt? Ohne die Ergebnisse der technischen Dienste war das nur ein Stochern im Nebel.

Sie hatte keinen Bock, den Sonntagnachmittag mit nebulösen Ermittlungen zu verbringen. Andererseits: Welche Kneipe gehörte doch gleich diesem Georg Grundinger? Ein Blick auf das iPad half. ›Rosenhof‹. Angeblich Sonntagmittag offen. Angeblich gutes Essen. Sie griff sich ihre Lederjacke.

***

Caspar Kurt Caspers braun gebrannte Hand tätschelte den nackten Po seiner neuesten Entdeckung. »Machst du uns einen Espresso, Daniel?«

»Hm«, säuselte der wuschelige Rotschopf, erhob sich ein wenig, nur um seinen Kopf gleich wieder auf die Brust CKCs sinken zu lassen. »Lass uns einen Moment warten.«

Als sie eine halbe Stunde später ihre Espressotassen im Bett balancierten, Casper im mauvefarbenen Morgenmantel, der junge Mann nackt, fragte Casper: »Du hast mir gar nicht erzählt, wie es bei der Eröffnung von Librorius‘ neuem Flagship Store war.«

»Na, was denkst du? Alle haben betreten geschaut. Der Festakt fand quasi nicht statt.«

»Hat man mehr zu seinem Tod gehört?«

»Gerüchte besagen, dass er vergiftet wurde. Die Presse wird nicht vor Montag informiert.«

»Vergiftet? Hat ihm Gundel Gaukelei eins ihrer Pülverchen in seinen Dôle gerührt?«

»Gundel Gaukelei?«

»Daniel, bitte. Wie lange bist du jetzt in Sachen Kultur hier in München unterwegs? Die Hexenstaller und ihr New Age Buchladen.«

»Ich hatte mich schon gefragt, warum die Tante zu diesem Event eingeladen war.«

»Keine Ahnung, wie sie es macht, aber sie ist überall.«

»Was machen wir denn heute?«, fragte Daniel.

»Ich schlage vor, du gehst nach Hause. Wer weiß, wann die Kripo hier auftaucht. Die werden sicher alle, die am Freitagabend direkten Kontakt mit Huldrych hatten, vernehmen wollen. Wann fährst du nach Wien?«

»Heute Abend. Ich hatte mich so auf heute gefreut, Caspar.« Daniel lächelte ein fast mädchenhaftes Lächeln. »Und auf letzte Nacht.«

Der muskulöse Arm Caspers legte sich um die schmalen Schultern des jungen Mannes. »Letzte Nacht war wunderbar mit dir. Aber wir wollen doch nichts riskieren. Einen Skandal können wir beide im Moment nicht gebrauchen.«

***

Der steirische Backhendlsalat, den man Jana nebst einem Glas Grünen Veltliner aus alten Reben im Rosenhof serviert hatte, schmeckte ausgezeichnet. Sie saß in einem renovierten alten Gasthof in der Au, an dem sie nur die vielen gemalten Rosen an den Wänden störten. Kitsch war der passende Name für solch eine Dekoration.

»Schmeckt‘s?« Neben ihr war ein dunkelhaariger Mann in weißem Trachtenhemd und einer jener Landhauslederhosen aufgetaucht, die sie zutiefst verachtete.

»Ausgezeichnet! Sind Sie Herr Grundinger?«

»Kennen wir uns?«

»Sie waren Freitagabend auf dem Fest bei Herrn Librorius.«

»Aber an Sie kann ich mich nicht erinnern. Sie wären mir aufgefallen.«

Wenn er nicht oberbayerisch reden würde, hätte sie diese Mischung von Schmäh und Charme für wienerisch gehalten.

»Ich war erst am folgenden Morgen da.«

Jetzt wusste er nicht, was er sagen sollte.

»Setzen Sie sich doch einen Moment zu mir.«

»Ich möchte nicht, dass Ihr Essen kalt wird.«

»Also gut.« Sie zog die Dienstmarke aus der Tasche ihrer hautengen Jeans und zeigte sie ihm kurz. »Dann lassen Sie uns danach ein paar Worte wechseln.«

Als die Bedienung abgeräumt hatte, kehrte der Wirt mit einem zweiten Glas Grünen Veltliner für Jana und einer halben Bier für sich an ihren Tisch zurück.

»Wie sind Sie auf mich gekommen?«

»Gästeliste, Hunger, gute Bewertungen. In dieser Reihenfolge.«

Er musste lachen. »Und was wollen Sie von mir?«

»Wie kommt ein Gastwirt aus der Au zu einer Einladung beim Verleger und Buchhandelskrösus Huldrych Librorius?«

»Dazu müssen Sie nicht den Grundinger und seinen Rosenhof googeln, sondern den Liberschwafel und seinen Buchblog.«

»Sie sind Buchblogger?«

»So wie Plaudrian und Theophilus von Laberheim.«

»Die waren auch anwesend?«

»Mit bürgerlichem Namen heißen sie Dirk Koczinsky und Helmut Wiesengrund.«

»Der Krankenpfleger und der Lehrer.«

»Sie scheinen Ihre Hausaufgaben gemacht zu haben. Wie ist Huldrych ums Leben gekommen?«

»Erzählen Sie mir doch erst einmal, warum drei Buchblogger zu so einem Event eingeladen werden.«

»Ich glaube, wir werden zu solchen Events eingeladen, um ein wenig Bohème zu verbreiten in diesem geldgeilen Haufen.«

»Ich dachte, es ginge um Kultur. Spricht das Feuilleton nicht immer von Kulturtankstellen, wenn es um Buchhandlungen geht?«

»Liebe Frau ... ich weiß nicht einmal Ihren Namen.«

»Vecera, Jana Vecera.«

»Darf ich Jana sagen?«

»Bleiben wir doch besser bei Vecera, außer Ihnen ist Kriminaloberkommissarin lieber.«

Er blickte sie an wie ein Mann, der sich durch einen solchen Rückschlag nicht aufhalten ließ. »In diesem Gewerbe geht es nicht um Kultur. Damit macht man Werbung, Public Relation. Damit kommt man in die Presse und ins Fernsehen.«

»Und die sozialen Medien.«

»Das ist nur heiße Luft. Glauben Sie mir, Buchblogger wie ich haben selten mehr als 1000 Follower. Wenn Sie mit dem Scheiß Geld verdienen wollen, müssen Sie Kosmetik an den Mann oder die Frau bringen.«

»Warum machen Sie es dann?«

»Weil es mir Spaß macht, weil ich leidenschaftlich gerne

lese, und weil ich in den großen Medien nur eine kleine Chance habe.«

»Weil Sie Gastwirt sind?«

»Sie werden lachen, ich habe Germanistik und Psychologie studiert, aber versuchen Sie einmal damit Geld zu verdienen. Ich habe immer gerne gekocht und ein anständiger Gasthof ist besser als Taxifahren.«

»Und die Rosen?«

»Die sind der Not geschuldet, nicht dem eignen Triebe.«

»Schiller.«

»Sie gefallen mir immer besser.«

»Sie wollten mir den geldgeilen Haufen erklären.«

»Im Buchhandel geht es nur ums Geld. Deshalb werden die Buchhandelsketten immer größer, deshalb gibt es in Deutschland, einmal abgesehen von vielen engagierten kleineren Verlagen, bald nur noch drei große Konzernverlagsgruppen.«

»Ist das Ihr Ernst?«

»Klar doch. Und Huldrych war da vorne mit dabei. Wobei man ihm zugutehalten muss, dass er mit seinem Librorius Verlag in Zürich nach wie vor viele wunderbare Bücher in Verkehr bringt.«

»Wer würde ihn umbringen wollen?«

»Keine Ahnung. Diese Kulturfuzzis haben alle keinen Arsch in der Hose. Und die Konkurrenz? Nie im Leben. Da arrangiert man sich lieber.«

»Gab es an diesem Abend irgendetwas Besonderes?«

»Es gab ein Gerücht.«

»Und das war?«

»Librorius wolle angeblich die Buchpreisbindung kippen.«

»Buchpreisbindung?«

»In Deutschland kostet jedes Buch überall dasselbe. Soll angeblich die kleinen Buchhandlungen schützen, schützt aber nur die Profite der großen Verlagsgruppen. Das sieht aber niemand so und alle beten das Heil der Buchpreisbindung an.«

»Außer Huldrych Librorius.«

»Ach, da gibt es mehr. Die meisten tun es nur hinter vorgehaltener Hand. Sehen Sie, in der Schweiz gibt es das nicht. Ebenso wenig wie in Italien, Frankreich oder Großbritannien. Und der Buchhandel dort floriert. Es gibt tolle Buchhandlungen und keine Kramläden wie hier.«

***

Am Ende hatte er gefragt, ob er sie anrufen dürfe. Sie hatte ihm ihre Visitenkarte gegeben – ohne Privatnummer. Außerdem schwirrte ihr der Kopf. Sollte der vermeintliche Mord wirklich etwas mit dem Buchhandel zu tun haben?

Ihr Diensthandy meldete sich, aber es war nicht der Gastwirt, sondern Jens Stepprath. »Moin, Jana.«

»Feiertagsschicht oder macht der Präsident schon Druck?«

»Der sitzt beim Digestive oder spielt eine Runde Golf. Nö, ich hatte gestern noch die Untersuchung der Orangen angeordnet, denn ich dachte mir, dass ihr möglichst bald Klarheit haben wollt.«

»Ich schulde dir was.«

»Ich wüsste schon was.«

»Das, was du dir wünschst, gibt's nicht - was ist denn mit den Orangen?«

»Die Kollegen haben sie nummeriert, als sie sie dem

Gefäß entnommen haben, und jetzt halt dich fest: Die beiden obersten enthielten jeweils genug Blausäure, um die halbe Festgemeinde auszulöschen.«

»Wenn wir davon ausgehen, dass Herr Librorius die Orange, die er ausgepresst hat, ebenso von oben genommen hat ...«

»... war das kein russisches Roulette, sondern ein gezielter Mordanschlag.«

»So ist es, meine Herzdame.«

»Damit können wir den größten Teil der Gäste ausschließen.«

»Unsere Toxikologin sagt, die notwendige Menge an Blausäure ist so klein, dass man mit einer 10mm-Spritze locker drei Orangen vergiften kann. Dafür braucht man keine 20 Sekunden. Außerdem unterstützt die Fruchtsäure die Wirkung der Blausäure.«

»Das heißt, jeder könnte gegen Ende der Veranstaltung noch schnell ein paar Orangen vergiftet haben.«

»Korrekt.«

»Aber wer wusste, dass Huldrych Librorius am nächsten Tag ein Glas frisch gepressten Orangensaft trinken wird?«

»Diese Frage überlasse ich gerne den Kriminalisten.«

Montag

Janas Handy klingelte kurz vor sieben. Sie ging nicht hin.

Fünf Minuten später klingelte es erneut.

»Was willst du?«

»Was haben wir?«

»Warum rufst du nicht bei der KTU an?«

»Stepprath ist nicht da.«

»Und du denkst, ich weiß mehr? Geh doch erst mal Gassi mit Waldemar.«

Sie legte auf.

›It's a man's world‹. Wer hatte das doch gleich gesungen? Cher. Die Kriminalpolizei war eine Männerdomäne. Coole Kerls. Tough. Meistens half das nur nicht weiter. Sie schwang ihre langen Beine aus dem Bett, zog den Jogginganzug und ihre Laufschuhe an, trabte drei Stockwerke hinunter und begann ihre morgendlichen acht Kilometer entlang der Isar zu laufen.

Sie liebte diese Stadt und hasste sie zugleich. Sie mochte die kleinen Cafés, die kleinen Kneipen, die Typen, die gegen den Strom schwammen. Die Jungs, die nicht für jeden Scheiß auf die Straße gingen, die Mädels, die sich nicht festklebten, weil sie glaubten, das Ende der Welt sei nah.

Sie hasste den Kommerz, der überall fühlbar war, die Kettenläden, die überall gleich aussahen, die IT-Start-ups, die in die Künstlerateliers einzogen. München war auf dem besten Weg, sein Gesicht zu verlieren.

Sie war auf dem besten Weg ihren Job zu verlieren, wenn sie nicht bald einen Mörder fing. Wer wollte Huldrych Librorius aus dem Weg räumen? Dieser kalte Fisch, der sich sein Sohn nannte? Irgendwelche Konkurrenten? Was machte die Tochter genau?

***

Munich Event Catering. Ihre Haare waren noch nass, als sie die Nummer auf ihrem Handy wählte.

»Hi. Hier ist Sandy. Was können wir für dich tun?«

»Kriminalpolizei. Kommissarin Vecera. Ich hätte gerne den Geschäftsführer gesprochen.« Schweigen. »Hallo? Sind Sie noch da?«

»Herr Vucic ist nicht da.«

Sie warf einen Blick auf die Uhr. 8:30 Uhr. »Ist irgendjemand von der Geschäftsführung anwesend in Ihrem Unternehmen?«

»Frau Welters ist da.«

»Dann verbinden Sie mich bitte,«

»Welters.«

»Kripo München. Kommissarin Vecera. Ihr Unternehmen hat den Empfang bei Huldrych Librorius letzten Freitag gestaltet.«

Aufstöhnen.

»Ja oder Nein?«

»Ja doch, aber die Journalisten rufen schon seit einer halben Stunde an.«

»Ich bin keine Journalistin, sondern Polizistin. Ich brauche von Ihnen eine Liste aller Mitarbeiterinnen und Mitarbeiter, die an diesem Abend bei Herrn Librorius waren, und ich brauche die Zeiten, wann sie gekommen und wann sie gegangen sind.«

»Das ist praktisch unmöglich, Frau ...«

»Vecera. Machen Sie es möglich. Ihre Mitarbeiter werden nach Arbeitsstunden bezahlt, oder? Also müssen Sie eine Anwesenheitsliste führen. Schicken Sie mir die Liste per WhatsApp auf mein Handy.«

Sie diktierte ihr ihre Nummer und wählte anschließend Louis Handynummer. »Hast du mit Stepprath gesprochen?«

»Ich habe deinen Rat befolgt und bin mit Waldemar spazieren gegangen.«

»Wann ist die Pressekonferenz?«

»Biedermann hat sich noch nicht gemeldet.«

»Pass auf: Laut KTU waren die obersten drei Orangen vergiftet. Für mich sieht das eindeutig nach einem Mordanschlag auf den alten Librorius aus und nicht nach irgendeinem Terrorakt auf die Münchner Kulturszene, wie irgendein übereifriger Pressefuzzi am Wochenende schrieb.«

»Was hast du vor?«

»Ich fahre zum Château Librorius und rede mit der Tochter. Ich habe außerdem die Liste der Beschäftigten vom Caterer angefordert. Wenn ich sie habe, schicke ich sie dir.«

***

Sie parkte ihr nachtblaues Mini-Cabrio im weiträumigen Hof des Schlosses und war erstaunt, keine Journalisten vorzufinden. Die Eingangstür war zudem offen. Sie stieg in den ersten Stock, wandte sich nach links und klopfte an der Tür, von der sie annahm, dass sie zu dem Appartement von Daniela Librorius gehört.

»Möchten Sie zu mir?« Eine junge Frau in Jeans und einem schwarzen Rollkragenpullover kam den Gang entlang auf sie zu.

»Frau Librorius?«

»Ja.«

»Ich bin Jana Vecera von der Kripo München und würde gerne kurz mit Ihnen sprechen.«

Die junge Frau sah sie aus müde wirkenden Augen an, zog einen kleinen Schlüsselring aus der rechten Hosentasche und öffnete die Tür. »Dann kommen Sie besser herein.«

Sie betrat eine Wohnung nicht unähnlich geschnitten der ihres Bruders, aber mit Blick über das Loisachtal und auf die nicht weit entfernten Voralpen. Die Einrichtung war modern, skandinavisch anmutend und bot einen gewissen Gegensatz zu den fast vier Meter hohen Räumen und den Türen aus dunklem Holz. Die Hälfte der Wände war mit Bücherregalen gefüllt, deren Farbigkeit dem Raum etwas von der gefühlten Nüchternheit nahm.

»Ich mache mir einen Tee. Möchten Sie eine Tasse?«

»Gerne.«

Nachdem Daniela Librorius durch eine Tür in der Küche verschwunden war, wandte sich Jana den Bücherregalen zu. Deutsche, französische, englische Titel, ein paar spanische und italienische standen bunt gemischt im Regal.

»Lesen Sie?«, fragte Daniela Librorius, die ein Tablett tragend den Raum wieder betreten hatte.

»Schon, allerdings nicht in so vielen Sprachen.«

»Wenn man in der Schweiz aufwächst, ist einem die Mehrsprachigkeit gewissermaßen in die Wiege gelegt.«

»Und als Tochter von Huldrych Librorius auch Bücher.«

»Sie werden lachen, aber Vater hat uns nie bevormundet. Ich bin schon in jungen Jahren gerne mit einem Buch in einem großen Ohrensessel versunken, mein Bruder hat lieber Fußball gespielt und war gut in Mathe.« Sie goss zwei Tassen Tee ein und reichte Jana eine. »Setzen wir uns doch. Gibt es neue Erkenntnisse zum Tod meines Vaters? Laut meinem Bruder haben sich die Gerüchte am Wochenende überschlagen.«

»Haben Sie es nicht verfolgt?«

»Verstehen Sie mich nicht falsch. Mir ist es nicht egal, wie mein Vater gestorben ist. Ich hätte gerne noch viele Jahre mit ihm verbracht, ich habe viel von ihm gelernt. All das ist zu frisch. Kennen Sie den Parzival?«

»Sie meinen, die Wunde ist nicht verheilt?«

Daniela Librorius lächelte. »Es ist zwei Tage her.«

»Auf die Gefahr hin, die Wunde weiter aufzureißen: Ihr Vater wurde mit an Sicherheit grenzender Wahrscheinlichkeit ermordet.«

Daniela Librorius hielt sich an ihrer Teetasse fest und sagte eine Weile gar nichts. »Es stimmt also, was die Zeitungen schreiben. Zyankali.«

Jana nickte. »Es war gezielt. Kein terroristischer Anschlag auf die Münchner Kulturszene.«

»Gibt es dafür Beweise?«

»Die gibt es, aber die darf ich Ihnen im Detail nicht nennen.«

Sie stellte ihre Tasse auf den Tisch, lehnte sich zurück und blickte aus dem Fenster.»Ich kann mir nicht vorstellen, dass jemand meinen Vater umbringen wollte.«

»Ein erfolgreicher Geschäftsmann hat immer Feinde.«

»Die Buchbranche ist doch keine kriminelle Vereinigung. Ich meine, manche wünschen uns heimlich die Krätze an den Hals, auch wenn sie vordergründig stets schleimig freundlich sind. Aber ein Mord? Noch dazu ein so skurriler?«

»Man hat mir erzählt, ihr Vater wollte die Buchpreisbindung kippen.«

»Wenn der Anlass nicht so traurig wäre, müsste ich jetzt lauthals lachen. Es stimmt, einer von Vaters Träumen war, Deutschland von ›dieser Fessel‹, wie er es nannte, zu befreien. Ihm war aber genauso bewusst, dass er das nie geschafft hätte. Die Buchpreisbindung ist das Mantra der deutschen Buchbranche. Es hat ihn eher amüsiert, dass irgendwelche Leute dieses Gerücht ab und an hochgekocht haben und der Blätterwald, wie man das einst nannte, zu rauschen begann.«

Jana musste daran denken, dass die meisten Morde im familiären Umfeld begangen wurden. Nur wie sollte sie das in dieser Situation in eine Frage fassen? »Bitte verzeihen Sie mir die Frage, Frau Librorius, aber ich muss sie stellen. Wer profitiert vom Tod Ihres Vaters?«

Sie schwieg eine kurze Zeit. »Ich nehme an, hauptsächlich mein Bruder und ich. Vater wollte die Firma in eine Stiftung umbauen, um ihr eine Zukunft zu sichern, aber ich weiß nicht, wie weit das fortgeschritten ist. Da müssen Sie eher mit meinem Bruder sprechen, er ist der Assistent unseres Finanzvorstands. Vaters Testament kennt, meines Wissens, keiner von uns beiden.«

»Ihr Vater war verwitwet?«

»Meine Mutter starb bei einem Autounfall, als ich neun Jahre alt war.«

»Hatte Ihr Vater eine ...«

»Eine Freundin? Eine Geliebte? Aargauer haben keine Geliebten«, antwortete sie lächelnd. »Mein Vater hatte seit Jahren eine gute Freundin, Silvia Delgardis.«

»War Frau Delgardis am Freitagabend hier?«

Daniela Librorius nickte. »Ja. Wenn Vater länger hier war, hat sie ihn oft besucht, sofern sie Zeit hatte.«

»Ist sie noch hier?«

»Nein, sie ist Sonntagnachmittag zurück nach Zürich gefahren. Sie und mein Bruder kommen nicht sonderlich gut miteinander aus.«

Jana sah sie fragend an.

»Da kann ich nicht mehr dazu sagen.«

»Hat Ihr Vater außer Frau Dössegger sonst jemanden, der aus Ihrem erweiterten Haushalt hier war?«

Sie schüttelte den Kopf. »Nein, es ging ja um den Buchhandel in Deutschland. Es war kein Event des Verlags.«

»Können Sie sich erinnern, wer bis zuletzt auf dem Empfang war?«

»Ich nicht. Als ich ging, waren noch diese drei schrägen Vögel da, die mein Vater eingeladen hatte, der dicke Bildric, Gundel Gaukelei, die sich an einem Glas Rotwein festhielt, CKC und sein neuer Adlatus und Mahmud Ibn Mahmud.«

»Bildric und Mahmud habe ich auf der Gästeliste gesehen und wer bitte sind die anderen?

Daniela Librorius musste lachen. »Die schrägen Vögel sind Buchblogger. Liberschwafel und ... - die anderen Namen habe ich vergessen. Ich habe keine Ahnung, wie die wirklich heißen.«

»Und Gundel Gaukelei?«

»Die heißt in Wirklichkeit Gundula Hexenstaller und betreibt eine esoterische Buchhandlung in Schwabing. CKC ist Caspar Kurt Caspar, der Feuilletonchef von Radio München. Sein neuer Adlatus heißt Daniel Irgendwas, so ein Rotschopf, der den ganzen Abend verloren herumstand und den Schweizer Spezialitäten meines Vaters offenbar nichts abgewinnen konnte.«

»Eine merkwürdige Mischung für einen feierlichen Empfang.«

»Sehen Sie, Frau Vecera, mein Vater hatte nicht nur einen untrüglichen Geschäftssinn und wirkliches Interesse an dem, wie heißt das so schön im deutschen Feuilleton, Kulturgut Buch. Er hatte, was man einem Aargauer üblicherweise nicht zutraut, einen feinen Sinn für Humor. Manchmal denke ich, wollte er der ach so abgehobenen Münchner Kulturszene, die in Wahrheit ein biederer Sumpf ist, eine Nase drehen.«

Jana sah die junge Frau nachdenklich an und wechselte das Thema. »Räumt hier der Caterer nach so einem Empfang auf?«

»Ja, Vater hat immer eine Firma aus München, weil die ihm seine Schweizer Spezialitäten besorgen. Die kümmern sich ums Personal und am Ende läuft alles bei Frau Dössegger zusammen. Sie ist eine Mischung aus Kompaniefeldwebel und Seele des Haushalts.«

»Dann wäre es das fürs Erste. Darf ich fragen, wie lange Sie hier bleiben?«

»Ich fahre spätestens morgen zurück, letztlich habe ich einen Job in Zürich. Wir hofften, dass wir bis dahin Vaters Überführung einleiten können.«

»Die Entscheidung liegt beim Staatsanwalt. Ich frage mal nach und wenn ich mehr weiß, melde ich mich bei Ihnen. Haben Sie ein Handy, das ich anrufen kann?«

Daniela Librorius diktierte ihr eine Schweizer Handynummer.

»Wissen Sie, ob Ihr Bruder und Frau Dössegger im Haus sind?«

»Christian ist in München, Maria finden Sie in ihrer Wohnung oder irgendwo im Haus.«

Ihr Handy meldete sich, als sie den langen Gang hinunterlief.

»Wo sind Sie, Frau Vecera? Ihr Vorgesetzter kann Sie nicht erreichen.«

»Herr Kriminaldirektor, Louis Lukaschonsky könnte mich nicht finden, wenn ich neben ihm im Zimmer säße.«

Ernst Biedermann lachte schnaubend. »Das erklärt nicht, warum ich Sie nicht finden kann.«

»Ich habe mit Daniela Librorius gesprochen und im Moment suche ich die Haushälterin.«

»Wissen Sie, was die Spurensicherung gefunden hat?«

»Ja.«

»Warum weiß ich es nicht?«

»Weil mein Chef es weiß und ich Besseres zu tun habe, als das Telefonbuch rauf und runter zu telefonieren, nur weil ich einen ...«

»Genug.«

Jana schwieg.

»Und jetzt?«

»Versuche ich mit der Haushälterin zu sprechen und hoffe, dass Lukaschonsky die Caterer-Crew überprüft.«

»Davon hat er mir ...«

»Schönen Tag, Herr Kriminaldirektor.«

Irgendwann würde sie eine Kneipe in San Francisco, ein Café am Comer See oder einen Puff ...

»Grüezi wohl, Frau Kommissarin.«

»Frau Dössegger, nach Ihnen habe ich gesucht.«

»Was brauchen Sie denn von mir?«

»Können Sie sich erinnern, wer bis zum Schluss des Empfangs anwesend war?«

»Von Gästen oder dem Personal?«

»Von beiden.«

»Der dicke Herr mit dem bunten Schal und die Dame mit dem Pudel«, sie rümpfte die Nase, »waren die letzten, die gingen. Vorher haben sich diese merkwürdig gekleideten Herren, die Herr Librorius offenbar persönlich kannte, aufgemacht. Danach waren nur die Leute vom Caterer und ich da. Die Jungs, die die Autos der Gäste geparkt haben, kamen vom Dorf, die hatte ich direkt für den Abend eingestellt. Der Caterer war mit Herrn Schmalz und 10 Leuten hier.«

»Die kamen alle von Munich Event Catering?«

»Ich weiß nicht, ob die alle Festangestellte sind oder ob Vucic sie nur für den Abend engagiert hatte. Da müssen Sie mit ihm sprechen.«

»Vucic ist der Geschäftsführer, oder?« Frau Dössegger nickte. »Sind die alle zusammengefahren?«

»Nachdem sie alles in einen Transporter gepackt hatten, sind sie in einem Kleinbus nach München zurückgefahren.«

»Standen die Orangen die ganze Nacht über in dem Raum?«

»Ja. Herr Librorius steht seit jeher früh auf. Heute ein wenig später als früher.« Sie lächelte ein wenig versonnen. »Wenn wir hier sind und das Wetter passt, trinkt er seinen Orangensaft gerne auf dem Balkon. Gegen sieben bringe ich ihm eine Kanne mit Yorkshire Tee, den er schon so lange trinkt, wie ich im Haus bin.«

»Können Sie sich erinnern, ob sich einer der Gäste oder ein Mitarbeiter des Caterers an den Orangen zu schaffen gemacht hat?«

Sie schüttelte den Kopf und Janas Handy klingelte erneut.

»Vielen Dank, Frau Dössegger.«

»Haben Sie schon zu Mittag gegessen, Frau Kommissarin«, fragte eine Stimme, die sie nicht sofort erkannte.

»Wer ...«

»Ihr geliebter Wirt aus der Au.«

»Liberschwafel.«

»Als Wirt der Georg.«

»So, so, der Georg. Und was hat es mit dem Mittagessen auf sich?«

»Ich hätte ein wunderbares Bürgermeisterstück.«

»Sie hätten ein Stück Bürgermeister?«

»Genau. Möchten Sie nicht vorbeikommen?«

»Mein lieber Herr Georg ...«

Wie hieß der Typ doch gleich wieder mit Nachnamen?

»Einfach nur Georg, Frau Kommissarin.«

Hunger hätte sie schon. Aber was mochte ein Stück Bürgermeister sein? »Wollen Sie mir nicht verraten, was ein Stück Bürgermeister ist?«

Sie hörte ihn lachen. »Kommen Sie vorbei, probieren Sie es aus. Seien Sie mein Gast.«

»Das grenzt an Beamtenbestechung.«

Er lachte erneut. »Wann darf ich Sie erwarten?«

»Um eins.«

Als sie zu ihrem Wagen kam, sah sie, dass der Caterer Wort gehalten hatte und ihr die Liste der Mitarbeiterinnen und Mitarbeiter geschickt hatte, die an diesem Abend auf Schloss Irisburg gearbeitet hatten. Sie schickte sie an Lukaschonsky weiter und hoffte, er würde sich darum kümmern.

***

Nachdem sie mit Glück einen Parkplatz gefunden hatte, betrat sie die für einen Montag gut gefüllte Gaststube des Rosenhofs. Als sie sich suchend umblickte, tippte ihr von hinten jemand auf die Schulter.

»Sie sind gekommen.«

»Eine Frau, ein Wort.«

Georg Grundinger trug ein weißes Trachtenhemd, eine Jeans und außerdem ein breites Grinsen im Gesicht. »Darf ich vorangehen?«, fragte er, als sei er der Maître d`Hotel im Vierjahreszeiten.

An einem Tisch am Fenster mit dem Schild ›reserviert‹ rückte er ihr einen Stuhl zurecht und fragte: »Das Bürgermeisterstück, wie immer, gnä‘ Frau?«

Sie konnte sich das Lachen nicht verbeißen. »Natürlich Georg, und was empfehlen Sie als Getränk dazu?«

»Einen Gemischten Satz«, sprach‘s und verschwand.

Als Nächstes tauchte ein Glas und eine Karaffe Weißwein auf, danach servierte ihr der Privatkellner einen Teller, auf dem sich drei Scheiben Fleisch, frischer Kren, ein wenig Brühe und Kartoffelsalat befanden.

»Und was ist das jetzt?«, wollte sie wissen.

»Genießen Sie es erst einmal, Frau Kommissarin«, flüsterte der Wirt ihr ins Ohr. »Wir plaudern beim Espresso.«

Das Fleisch war unglaublich zart, der Kren mild, der Kartoffelsalat, als ob ihre Großmutter ihn gemacht hätte, und der Weißwein, der auf den Namen ›Gemischter Satz‹ hörte, passte ausgezeichnet.

Nachdem eine Kellnerin abgeräumt hatte, tauchte ›der Georg‹ mit zwei Tassen Espresso und zwei schmalen Gläsern auf.

»Ich muss noch Autofahren.«

»Das ist kein Alkohol, das ist Eau de Vie.«

Sie nippte an dem Glas. »Und was genau ist das?«

»Ein Zibärtl, eine wilde Pflaume aus dem Badischen.«

»Und was genau war dieses ausgezeichnete Bürgermeister Dingsbums?«

Er lachte. »Bürgermeisterstück. Das ist die Edelversion vom Tellerfleisch. Ich hoffe, es hat geschmeckt.«

»Es war wunderbar, auch wenn ich mich üblicherweise nicht von Hauptverdächtigen einladen lasse.«

Sein Gesicht wurde ernst. »Wie meinen Sie das?«

»Sie gehörten zu den Letzten, die das Fest bei Librorius verlassen haben, und gehören damit zu der Gruppe von Menschen, die die Orangen hätten vergiften können.«

Er sah sie nachdenklich an. »Jetzt dürfen Sie es mir sagen?«

»Nein.«

»Da soll einer schlau draus werden.«

»Was genau ist in der Viertelstunde, bevor Sie gingen, passiert?«

»Nicht viel. Wir haben ein Glas von Huldrychs gutem Wein getrunken ...«

»Wer ist ‚wir'?«

»Dirk, Helmut und ich.«

»Die Bloggerclique. Waren Sie die ganze Zeit zusammen?«

»Am Ende des Abends schon.«

»Wer war sonst da?«

Er überlegte. »Gundel unterhielt sich mit Bildric.«

»Was wissen Sie über die beiden?«

»Aus Gundel wird man nicht schlau. Sie hat einen esoterischen Buchladen in Schwabing, wo es auch allerlei anderen Krempel zu kaufen gibt. Sie hat ein Haus in Nymphenburg, das sie angeblich geerbt hat, und sie ist nicht koscher.«

»Wie kommen Sie darauf?«

»Ich hatte vor sechs Monaten einen Termin bei der Münchner Bodenkreditbank, wegen einer Immobilie im Umland, die ich kaufen möchte, als mir Gundel aus dem Zimmer eines der Direktoren entgegenkam.« Er trank seinen Espresso aus und winkte der Bedienung. »Es war ihr offensichtlich peinlich, dass ich sie gesehen habe, aber der Bankdirektor ließ nichts raus. Wenn Sie auf der Ebene verhandeln, geht es um solide sechsstellige Summen, und sie sagt sonst immer, sie sei ein armes Hascherl.«

»Was für ein Ding?«

»Wenn Sie in München ermitteln, sollten Sie aber schon ein wenig Bayrisch können. Ein armes Hascherl ist jemand, der kaum genug zum Leben hat.«

»Und dieser Bildric?«

»Noch so ein schräger Vogel, den Librorius gerne einlädt. Angefangen hat er als Kleinverleger mit schlüpfrigem Krempel, dann hat er geerbt und peu á peu ein halbes Dutzend kleiner Verlage aufgekauft. Jetzt nennt er sich Bildric Media und verlegt alles, was sich verkauft.«

»Und warum lädt ihn Librorius ein?«

»Da fragen Sie mich zu viel. Bei Bildric weiß ich es nicht.«

»Seine Tochter sagte, Huldrych wolle die Münchner Kulturszene provozieren.«

»Das hat die sanfte Daniela nie gesagt.«

»Nicht mit den Worten, aber dem Sinn nach.«

Georg Grundinger blickte versonnen aus dem Fenster. »Na ja«, meinte er, »möglich ist alles bei unserem Aargauer Freund.«

»Und wer war sonst da?«

»CKC, sein neues Gschpusi und Mahmud.

»Frau Librorius meinte, Herr Casper sei mit seinem Assistenten dagewesen.«

»Liebe Jana, wer immer der Assistent von Caspar Kurt Casper ist, teilt nicht nur seine Büroflucht mit ihm, sondern auch sein Bett.«

»Ernsthaft?«

»Der gute Caspar glaubt, niemand wüsste es, während sich die Leute fünf Minuten, nachdem ein neuer Knackarsch von ihm eingestellt wurde, das Maul zerreißen.«

Die Kellnerin stellte zwei neue Espressos und zwei weitere Digestives vor sie.

»Ich muss immer noch Auto fahren.«

Er winkte ab. »Lass es stehen und hol es morgen. Ich lege eine von unseren Parklizenzen rein. Ich habe gelesen, die Kripo fährt kostenlos mit den Öffis.«

»Nur wenn wir eine Waffe tragen.«

Er zog die Augenbrauchen hoch.

»Und was ist mit diesem Mahmud?«

»Mahmud Ibn Mahmud? Das ist ein postkolonialistischer Dramatiker aus Berlin, den Huldrych verlegt.«

»Postkolonialistischer Dramatiker?«

»Das ist so eine Geschichte, die eigentlich nur der Spiegel erfinden kann. Baggerfahrer aus Syrien geht mit neuer Freundin ins Theater, sieht ein Stück von Rene Pollesch und denkt sich anschließend: Das kann ich auch. Ein Jahr später wird er in Berlin uraufgeführt, zwei Jahre später gewinnt er den Mühlheimer Dramatikpreis und das, obwohl seine Stücke, wie der Kritiker des Tagesspiegels schrieb, ›Pimmelfrei‹ seien.«

»Und so etwas mochte Huldrych Librorius?«

»Ich habe keine Ahnung, ob es mochte oder nicht. Vielleicht wollte er seinem Haus nur einen weiteren kulturell bedeutenden Autor einverleiben. Vielleicht ging es ihm so wie mir: Er mochte den Typen einfach.«

»Sie kennen Mahmud?«

»Waren wir nicht beim Du gelandet, Jana?«, fragte er schmunzelnd.

Sie sah ihn mit ihren blauen Augen streng an. »Vor dir muss man sich in Acht nehmen. Also gut, kennst du Mahmud?«

»Wir sind uns ein paar Mal begegnet. Er wird in München gespielt. Mahmud ist ein normaler Typ geblieben. Er genießt die Kohle, die er verdient, lebt mit Frau, zwei Töchtern und seinem alten Vater in einem Häuschen bei Berlin und manchmal bin ich mir nicht sicher, ob er nicht einfach die ganze Theaterwelt ...«

»... verarscht?«

»So ungefähr.«

»Weiter bringt mich das nicht. Wo ist denn der Laden von dieser Gundel?«

»In der Türkenstraße.«

***

Sie hatte ihren Wagen stehen gelassen, war zum Max Weber Platz gelaufen und mit der U-Bahn zur Universität gefahren. Während sie die Schellingstraße entlanglief, rief sie Lukaschonsky an. »Was treibst du, Louis?«

»Ermitteln, was denkst du denn?«

»Hast du dir die Liste angeschaut, die ich dir geschickt habe?«

»Was für eine Liste?«

»Die Mitarbeiter des Caterers! Ich habe Biedermann gesagt, dass du sie überprüfst.«

»Wieso sprichst du mit Biedermann? Ich bin dein Chef.«

»Biedermann hat mich angerufen.«

Schweigen am anderen Ende.

»Hast du die verdammte Liste?«

»Kann sein.«

»Kann sein!?!

»Ich war nicht im Büro.«

»Was zum Henker treibst du dann!?«

»Wie ich schon sagte: ermitteln.«

Er hatte aufgelegt. Jana schüttelte den Kopf und bog in die Türkenstraße ein.

›Anbeginn‹ stand in goldenen Lettern auf violettem Grund über dem Laden. Das Schaufenster war eher karg gestaltet, im Laden selbst schien niemand zu sein. Als sie das Geschäft betrat, läutete ein helles Glöcklein und es umfing sie ein Duft von Räucherstäbchen, den sie schon als Jugendliche gehasst hatte. Aus einem Korb blickte sie ein schwarzer Pudel kurz an, um sofort seinen Nachmittagsschlaf fortzusetzen.

Aus einem Nebenraum betrat eine Dame undefinierbaren Alters mit grau-violettem Haar den Raum, warf durch ein Pincenez einen Blick auf Jana, raschelte in ihrem schwarzen Kleid ein wenig näher und fragte: »Womit kann ich Ihnen dienen, meine junge Schönheit?«

Während Jana für einen Moment sprachlos dastand, raschelte die Dame langsam um sie herum und berührte ihr Genick mit zwei Fingern. Jana wurde es kalt und sie konnte sich nicht rühren.

»Ich sehe, ich sehe«, sagte die Dame und berührte sie sanft an den Schultern.

»Gehen wir besser nach hinten, mein Kind. Ich bin sicher, wir finden einen Weg, dir zu helfen.«

Jana ließ sich willenlos durch einen dunklen Samtvorhang schieben.

Das Büro Gundula Hexenstallers war deutlich größer als ihr Laden. Unter der Decke baumelte ein ausgestopftes Krokodil, in einer goldenen Schale auf ihrem Schreibtisch räucherten drei Stäbchen vor sich hin.

»Du musst loslassen, mein Kind.«

Jana konnte sich nicht rühren. Gundel streifte ihr die Lederjacke von den Schultern und fuhr mit einem Nagel ihrer rechten Hand langsam ihre Wirbelsäule entlang. Jana erschauderte.

»Nicht doch, mein Kind«, sagte Gundel »Du bist ja völlig verspannt. Lass dich gehen.«

In diesem Moment klingelte das helle Glöckchen wieder und Sekunden später bellten sich zwei Hunde lauthals an. Gundula Hexenstaller fuhr verärgert herum und ein Trenchcoat, in dem Louis Lukaschonsky steckte, wie immer mit einer kalten Zigarre im linken Mundwinkel, trat durch den Vorhang in ihr Büro.

»Was geht hier vor?« Er hatte energisch klingen wollen, aber er klang eher wie der sterbende Schwan.

»Wer zum Teufel sind Sie?«, plärrte Gundula Hexenstaller. »Und was zum Teufel wollen Sie hier?«

»Lukaschonsky, Kriminalpolizei. Was veranstalten Sie da mit meiner Kollegin?«

Gundula Hexenstallers Blicke flogen zwischen den beiden Kriminalbeamten hin und her.

Jana hatte sich wieder gefangen, zog ihre Lederjacke an und sagte: »Beeindruckende Vorstellung, Frau Hexenstaller. Vielleicht ist an der Gundel Gaukelei ja doch etwas dran und wir sollten Ihren Laden einmal gründlich durchsuchen.«

»Ganz meine Meinung«, assistierte Lukaschonsky.

»Macht euch doch nicht lächerlich. Wenn ich zum Telefonhörer greife und den Innenminister anrufe, seid ihr beide euren Job los.«

»Erstens«, kam Jana Lukaschonsky zuvor, »sind wir nicht per du. Zweitens sind Sie eine der Hauptverdächtigen im Fall Librorius. Und drittens bekommen wir in kürzester Zeit einen Durchsuchungsbeschluss für Ihren Laden und Ihre Wohnung. Wollen Sie, dass Ihre finanziellen Machenschaften ans Licht kommen?«

Gundula Hexenstallen wandte sich langsam Jana zu und fixierte sie mit ihren grünen Augen. »Was weißt du denn schon? Wenn wir miteinander fertig sind ...«

Jana holte mit beiden Händen aus und klatschte nur wenige Zentimeter vor Gundula Hexenstallers Nase laut in Hände. Diese fuhr zusammen, machte zwei Schritte rückwärts, kollidiere mit Lukaschonsky und hatte Sekunden später einen heftig bellenden Dackel vor sich.

»Das ist ein Irrenhaus!«, schrie sie.

»Eine interessante Beobachtung«, bemerkte Jana lächelnd. »Sollen wir uns jetzt den Durchsuchungsbeschluss holen, mit der Münchner Bodenkreditbank sprechen und dieses Gespräch auf dem Präsidium fortsetzen?«

Gundula Hexenstallen zog den Kopf ein und ging auf Jana zu. »Was wissen Sie?«

»Mehr als Sie denken.«

Lukaschonsky stand da wie bestellt und nicht abgeholt. Selbst Dackel Waldemar begutachtete ihn mitleidig.

»Wie verlief die letzte halbe Stunde auf dem Empfang bei Huldrych Librorius?«

Gundula Hexenstaller raschelte hinter ihren Schreibtisch und sah die beiden Kriminalbeamten böse an. Waldemar begann zu knurren.

»Schaffen Sie dieses Vieh hinaus.«

»Waldemar bleibt«, sagte Jana, bevor Lukaschonsky den Mund aufmachen konnte. »Freitagabend?«

Frau Hexenstaller fuhr sich mit beiden Händen durch ihre wirren Haare. »Die letzte halbe Stunde. Also gut. Ich hatte ein paar Glas Wein getrunken. Der letzte, mit dem ich sprach, war Bertolt Bildric. Wir sprachen über Huldrych und dass wir uns immer wieder von ihm über den Tisch ziehen ließen. Außerdem diskutierten wir eine mögliche Zusammenarbeit.«

»Bleiben wir mal beim Über-den-Tisch-Ziehen.«

»Ach, Quatsch, deshalb bringt man doch keinen um.

Der Aargauer konnte einem nur gewaltig auf den Senkel gehen. Der wusste genau, was er wollte, und er hatte das nötige Kleingeld, um es umzusetzen.«

Jana sah die Frau, die mit ihrem Pincenez spielte, erwartungsvoll an. Lukaschonsky stand in der Tür, der Dackel hatte sich vor ihm zusammengerollt.

»Und was war mit der Buchpreisbindung?«

»Nichts als Mumpitz. Mich ärgert am meisten, dass ich immer wieder auf diese albernen Gerüchte reinfalle.«

»Und was wollen Sie mit Bildric unternehmen?«

»Das ist privat.«

»Sie wollen privat ein paar Buchhandlungen kaufen?«

Das war ein Schuss ins Blaue.

»Das geht Sie einen ... Das ist ein Geschäftsgeheimnis.«

»Für das Sie töten würden.«

»Ich habe es Ihnen doch schon gesagt!« Gundula Hexenstaller war laut geworden, Waldemar hatte sich aufgesetzt.

»Wir machen Geschäfte. Geschäfte in kritischen Zeiten. Der ganze Buchmarkt hängt schief. Aber wir bringen niemand um.«

»Sie halten sich zu unserer Verfügung«, brummte Lukaschonsky im Hintergrund, nahm Waldemar an die Leine und sagte zu Jana: »Wir gehen.«

»Hältst du das für klug?«, fragte sie ihn, als sie vor dem Laden standen.

»Was hat die Tante mit dir veranstaltet?«, fragte er im Gegenzug.

»Keine Ahnung«, antwortete Jana ehrlich. »So etwas ist mir noch nie passiert.«

»Bist du sicher, dass du dir das nicht eingebildet hast?«

»Du bist doch dazugekommen. Ich konnte mich nicht rühren, als die Alte mich begrapscht hat.« Auf Janas Gesicht hatten sich rote Flecken gebildet.

Lukaschonsky warf die Zigarre in den Rinnstein und legte den Arm um Jana. »Wer weiß, was das war. Wir können ja mal mit Goldstein reden. Wenn wir das nächste Mal mit der Tante sprechen, tun wir es gemeinsam.«

»Und jetzt?«

»Ich denke, ich mache Schluss.«

»Hast du wenigstens einen Blick auf das Personal des Caterers geworfen?«

»Morgen ist auch noch ein Tag, Jana«

Er drückte ihr einen Kuss auf die Wange und sie wusste zum zweiten Mal an diesem Nachmittag nicht, was sie sagen sollte.

Ihr läutendes Handy bracht sie in die Gegenwart zurück.

»Veganer haben ihr Gutes«, hörte sie Jens Stepprath sagen.

»Hast du nichts Besseres zu tun, als mir auf die Nerven zu gehen?«

»Hängt der Haussegen schief?«

»Ich habe kein Haus.«

Stepprath schwieg einen Moment. »Scheint ja was Ernstes zu sein.«

»Was willst du denn von mir?«

»Erinnerst du dich an die Orangengeschichte, von der Papi dir gestern erzählt hat?«

»Hatte dir dein Arzt nicht geraten, weniger Alkohol zu trinken?«

»Ich bin vollkommen nüchtern, Herzilein, und jetzt pass auf. Wir haben eine Praktikantin, die an diesen Tests mitgearbeitet hat. Der ist aufgefallen, dass die vergifteten Orangen von einer anderen Sorte sind als die restlichen in dem Glasbehälter.«

»Wie soll das denn gehen?«

»Keine Ahnung, sie ist, wie gesagt, Veganerin und offenbar erfahren in solchen Dingen.«

»Konntet ihr das denn verifizieren?«

»Klar doch. Die keine Steffi hatte Recht. Weiß du, was das heißt?«

»Wir können von vorne anfangen und zumindest die Gäste ausschließen.«

»Mit großer Wahrscheinlichkeit. Ich schick dir den Bericht heute noch.«

***

Sie war ins nächste Café gegangen und hatte sich einen doppelten Espresso bestellt. Nachdem Lukaschonsky nicht ans Telefon ging, rief sie Biedermann an und berichtete ihm, was Stepprath ihr erzählt hatte. Der stöhnte auf. »Das heißt, Sie können zwar nicht von vorne anfangen, aber zumindest einige Theorien begraben.«

»So sieht es aus.«

»Und warum erzählen Sie das mir und nicht Lukaschonsky?«

»Weil ich ihn nicht erreichen kann und weil er mir von zehn Minuten gesagt hat, er mache jetzt Feierabend.«

»Bitte?«

Sie schilderte ihm ihre Begegnung der anderen Art mit Gundula Hexenstaller und Lukaschonskys Auftritt.

»Ich will Sie beide morgen früh sehen, verstanden? Der Präsident wird nicht begeistert sein.«

»Fakten sind Fakten, Herr Kriminaldirektor. Wir können sie nicht ändern. Ich würde morgen früh gerne mit Christian Librorius reden.«

»Was versprechen Sie sich davon?«

»Kann sein, er macht einen Fehler.«

»Und was erzählen Sie mir nicht?«

»Ich rede nicht gerne über ungelegte Eier.«

»Sie und Lukaschonsky kommen morgen früh erst zu mir, dann könne Sie mit dem Sohn sprechen, verstanden?«

»Jawohl, Herr Kriminaldirektor.«

***

Das Fest im Münchner Haus des Buches war schon seit langem geplant und die Leiterin, Felicitas Tattersall, war nicht bereit gewesen, das Event zu verschieben.

»Librorius war nur ein Buchhändler«, hatte sie ihre persönliche Assistentin Marie Sourire de Souris beschieden. »Sagen Sie dem Jazzquartett, sie sollen etwas leiser spielen.«

Auch der Hände ringend in ihr Büro stürmende Dr. Egon Ederschmid hatte sie nicht davon abbringen können, das 25-jährige Bestehen des Haus des Buches in großem Rahmen zu feiern.

Kurz vor 19 Uhr tauchten die ersten der üblichen Verdächtigen auf, eine halbe Stunde später waren die Räumlichkeiten immer noch eher dünn besucht.

»Wo sind denn die Leute?«, wollte sie von ihrer Assistentin wissen.

»Ich weiß es nicht«, antwortete Marie mit ihrem bezaubernden französischen Akzent. »Wir haben fast keine Absagen.«

Felicitas Tattersall drehte sich auf ihrem mindestens zehn Zentimeter hohen Pfennigabsatz abrupt um und strebte Dr. Ederschmid und dem Buffet zu. »Kannst du dir das erklären, Egon?«

»Ich hatte dich gebeten, es zu verschieben, Felicitas. Der Schock sitzt tief. Mich haben zahlreiche Leute heute angerufen und die Bemerkungen reichten von ›geschmacklos‹ bis ›am Ziel vorbei‹.«

»Es war konsequent, unser Bestehen am richtigen Tag zu feiern.«

»Wenn du dich nur nicht täuschst.«

Er ließ sie stehen und aus dem Augenwinkel saß sie Casper Kurt Caspar auf sich zukommen. Immer der vollendete Gentleman deutete er einen Handkuss an.

»Zufrieden, liebe Felicitas?«

»Kleine Brötchen waren nie mein Ding.«

CKC zog die rechte Augenbraue hoch. »Wenn man mit dem Kopf durch die Wand will, sollte man wissen, was einen im anderen Zimmer erwartet.«

Felicitas Tattersall kniff die Augen zusammen. »Und das aus Ihrem berufenen Munde. Wo haben Sie denn Ihren Tadzio?«

Casper lächelte mitleidig. »Falls Sie auf meinen geschätzten Kollegen Daniel Maier-Sanft anspielen, so kommt der heute Abend erst aus Wien zurück. Die Neuinszenierung von Nora Abdel-Maksoud, Sie erinnern sich? Außerdem hatten Sie ihn nicht eingeladen.«

»Waren Sie am Freitag auf der Burg?«

»Sie meinen, auf Schloss Iringsburg? Selbstverständlich. Interessanter Abend. Bewegende Fortsetzung am nächsten Tag. Was wäre das provinzielle München ohne einen schönen Skandal?!«

»Provinziell? Das Einzige, was hier provinziell ist, scheint mir Radio München zu sein.«

»Liebe Felicitas, das glauben Sie ja selber nicht. Egal wie Sie sich bemühen, die Münchner Indies kleinzureden und egal wie viel vermeintliche Prominenz Sie aus und um Berlin einladen ... Man lacht über Sie. Und jetzt entschuldigen Sie mich. Der Heringssalat Ihres Caterers ist deutlich verführerischer als dieser Abend hier.«

Bertolt Bildric hatte sich für dieses Event nicht in seinen dunklen Anzug gezwängt. Weißes Hemd, Designerjeans, Halstuch in Regenbogenfarben und der Günter-Grass-Schnurrbart mussten genügen.

»Läuft nicht so gut, oder?«

Felicitas Tattersall schnaubte. »Vielleicht sollte ich Sie doch nicht mehr einladen.«

»Damit es endgültig langweilig wird? Schätzchen, kommen Sie runter von Ihrem hohen Ross. So cool wie Berlin wird München nie. Und dieses Etablissement schon zweimal nicht.«

Felicitas Tattersall vollzog erneut eine Pirouette auf ihren High Heels und ließ ihn kommentarlos stehen.

»Jetzt hast du's dir aber gründlich mir ihr verdorben!« Edgar Pimpkins Hand landete auf Bildrics Schulter. Der Engländer, der im Allgäuer Hinterland einen daniederliegenden Lyrikverlag betrieb und auf irgendwelchen Wegen die korrespondierende Mitgliedschaft in der Bayerischen Akademie der schönen Künste ergattert hatte, wirkte reichlich angeheitert.

»Da war nichts zu verderben. Über das, was wir machen, rümpft die Tattersall sowie nur die Nase. Aber es verkauft sich. Gut sogar.« Er grinste den Engländer an, der sein Glas Rotwein in zwei tiefen Zügen leerte. »Was macht denn die Lyrik so?«

»Was sie immer macht. Wie Blei im Regal liegen.«

»Mach doch Young Romance. Totaler Scheiß, aber verkauft sich glänzend!«

»Das überlass ich dir.« Er griff sich ein weiteres Glas Rotwein vom Tablett einer vorbeigehenden Kellnerin. »Ich habe doch nicht in Oxford studiert, um so einen Mist zu publizieren.«

»Hilft, die Rechnungen zu bezahlen.«

Pimpkins winkte ab. »Stimmt das, was man über den alten Librorius hört?«

»Was hört man denn?«

»Dass er vergiftet wurde.«

»Nur von wem?« Bildric schlug Pimpkins auf die Schulter, dass Rotwein aus seinem Glas auf sein Hemd schwappte. »Nur von wem ... »

***

Daniel Maier-Sanft war mit dem letzten Zug aus Wien zurückgekommen und ließ sich müde in ein Taxi fallen. Dank CKC hatte er ein volles Spesenkonto und entschloss sich, bei seinem Mentor vorbeizuschauen. Als er in der Sternwartstraße ausstieg, sah er, trotz der späten Stunde, Licht bei seinem Freund. Er ging durch den dunklen Garten, holte tief Luft und läutete. Da niemand öffnete, ging er ums Haus herum und warf einen Blick ins erleuchtete Wohnzimmer, sah jedoch Casper nicht. Ob er seinen Schlüssel nutzen und einfach hineingehen sollte? Was, wenn Casper, egal was er ihm erzählte, mit einem anderen im Bett lag? Die Vorhänge im Schlafzimmer waren zugezogen. Daniel war naiv, aber nicht dumm. Er hatte die Gerüchte gehört. Die Mitarbeiter Caspar Kurt Caspers wechselten regelmäßig, im Durchschnitt alle zwei Jahre. Da hätte er noch ein Jahr Zeit.

Er warf sein Herz über die Stange, suchte den Schlüsselbund in seiner Tasche und öffnete die Tür.

»Caspar?«

Er hatte kaum mehr als geflüstert und räusperte sich. »Caspar!«

Keine Antwort.

Er ging ins Wohnzimmer. Auf dem Tisch stand eine Karaffe mit Caspars Lieblingswhisky und ein leeres Glas.

»Caspar!«

Keine Antwort.

Die Küche war leer. Daniel stieg langsam die Treppe in den ersten Stock hinauf. Am Schreibtisch in Caspars Arbeitszimmer brannte Licht, es sah aus, als sei er eben von seinem Schreibtischstuhl aufgestanden. Auf einem Block standen flüchtige Notizen. Daniel begann sich unwohl zu fühlen. Oder war es nur Müdigkeit? Sollte er einfach gehen und vorgeben, nie hier gewesen zu sein?

Er betrat das Schlafzimmer. Eine Mulde auf einer Seite des breiten Doppelbetts, in der er manch glückliche Stunde mit Caspar verbracht hatte, zeugte davon, dass hier vor kurzem ein Mensch gelegen hatte.

»Caspar?«

Keine Antwort.

Er klopfe an der Badezimmertür.

»Caspar? Liebling? Geht es dir gut?«

Er glaubte, ein Stöhnen zu vernehmen, rüttelte an der Tür, aber sie war verschlossen. Was sollte er tun? Sich lächerlich machen, weil er Gespenster sah? Wer weiß, was Caspar heute Nacht unternommen hatte. Wollte er das wissen?

Er drehte sich um und ging auf die Treppe zu, als er wiederum glaubte, Caspars Stimme im Bad zu hören. Undeutlich. Aber Caspars Stimme. Ihm war alles egal. Sollte ihn der eitle Pfau hinauswerfen, er hatte im letzten Jahr genug Leute kennengelernt, um etwas Neues zu finden.

Zehn Minuten später stand ein Streifenwagen vor Tür.

»Haben Sie uns angerufen?«

»Ja.«

»Was gibt es denn?«

»Ich glaube, mein Freund hat sich im Badezimmer eingeschlossen und es geht ihm nicht gut.«

»Und wer ist Ihr Freund?«

»Der Eigentümer des Hauses, Caspar Kurt Casper.«

»Und Sie sind?«

»Daniel Maier-Sanft. Ich arbeite für ihn. Bei Radio München. Und wir sind befreundet.« Er errötete. »Eng.«

»Dann sehen wir mal nach«, meinte einer der beiden stämmigen Polizeibeamten. »Wo ist denn das Badezimmer?«

Er führte sie in den ersten Stock.

Der Polizeibeamte schlug gegen die Tür, dass ein Toter aufgewacht wäre.

»Herr Casper?«

Keine Antwort.

»Herr Casper!«

Schweigen.

»Warum glauben Sie, dass er da drin ist?«

»Zum einen ist es von innen verschlossen, zum anderen glaube ich, seine Stimme gehört zu haben.«

»Sie glauben?«

»Bitte. Bitte, sehen Sie nach. Ich bin sicher, irgendetwas Schreckliches ist geschehen.«

Der kleinere der beiden Streifenbeamten meinte: »Da müssen wir die Feuerwehr holen.«

Der andere sagte: »Oder auch nicht«, und lehnte sich die Badezimmertür, deren Schloss mit einem Krachen nachgab.

Caspar Kurt Casper lag zusammengekrümmt vor der Toilettenschüssel, in die er sich zuvor erbrochen hatte. Der Polizist fühlte seien Puls.

»Hol den Erste-Hilfe-Kasten aus dem Wagen, Karl, und fordere den Notarzt an!«

Sie versuchten, ihn zu reanimieren, aber der zehn Minuten später eintreffende Notarzt konnte nur noch den Tod feststellen.

Der Kriminaldauerdienst traf eine Viertelstunde später ein.

Dienstag

›The Girl from Ipanema‹, der Klingelton von Janas Handy drang nur langsam zu ihrem Hirn durch. Sie öffnete mühsam die Augen und tastete erfolglos auf dem Nachttisch nach dem Telefon. Sie hatte es im Wohnzimmer liegengelassen. Ein kurzes Wort einige Male vor sich hinmurmelnd stolperte sie in Richtung Ipanema, als das Telefon aufhörte zu läuten. Jana stöhnte, machte Licht und entdeckte das Handy auf der Couch. Kriminaldirektor Biedermanns Mobilnummer leuchtete auf. Sie gähnte kräftig und rief ihn zurück.

»Na, aufgewacht?«

»Ich hoffe, es ist wichtig«, brummte sie muffig.

»Redet man so mit seinem Vorgesetzten? Wenn man mich um halb sechs aus dem Bett holt, ist es wichtig.«

»Revolution? Aufstand? Hat der Markus das Königreich Bayern ausgerufen?«

»Seien Sie vorsichtig, was Sie hier über unseren Ministerpräsidenten verkünden, Frau Vecera. Erinnern Sie sich an Caspar Kurt Casper?«

»Wenn ich mich nicht täusche, war das jemand auf der Gästeliste von Huldrych Librorius.«

»Stimm, der Chef des Feuilletons bei Radio München. Ein Kollege von ihm, respektive unsere Streifenbeamten, haben ihn heute kurz nach Mitternacht tot in seinem Haus gefunden.«

»Und was hat das mit mir zu tun?«

»Der hinzugerufene Gerichtsmediziner schließt einen Tod durch toxische Substanzen nicht aus.«

»Er wurde vergiftet?«

»Möglicherweise.«

»Und warum rufen Sie mich und nicht Lukaschonsky an? Es ist sein Fall.«

»Und Ihrer. Außerdem ruft er nie zurück, Sie schon.«

Sie schnaubte grimmig.

»Sehen Sie es so, Frau Vecera: Auf meiner Liste zur Beförderung zur Kriminalhauptkommissarin stehen Sie ganz oben. Und jetzt rufen Sie bitte den KDD an.«

Das hatte er ihr noch nie gesagt. Sie rieb sich die Augen.

»Yes, Sir.«

Biedermann lachte und legte auf.

Jana schaltete die Kaffeemaschine ein und wählte die Nummer des Kriminaldauerdiensts.

»Vecera, Morgen, Kollege.«

»Hast du die Arschkarte gezogen?«, wollte Kriminalobermeister Bode wissen. Die Berliner Schnauze war unverkennbar.

»Frag nicht. Was habt ihr zu dem vermeintlichen Giftmord an diesem Radiofuzzi?«

»Wart‘ mal.« Er tippte auf dem Computer. »Ich habe den Tatortbericht der Kollegen. Ein junger Journalist, der aus Wien zurückgekehrt war, hat bei Casper vorbeigeschaut, sah, dass Licht brannte, aber niemand öffnete. Da er einen Hausschlüssel hatte, sperrte er auf und suchte den Hausherrn. Als er ihn hinter der verschlossenen Badezimmertür stöhnen hörte, rief er die Funkstreife.«

»Und dann?«

»Die brachen die Tür auf und fanden ihn vor der Toilette liegend. Er hatte sich erbrochen und atmete nicht mehr. Sie haben versucht, ihn zu reanimieren, und den Notarzt gerufen. Der konnte nur noch den Tod feststellen, unklare Todesursache. So kamen wir ins Spiel.«

»Was habt ihr sonst?«

»Goldstein selbst hatte Bereitschaft, er hat die Leiche in die Gerichtsmedizin mitgenommen. Die Ergebnisse bekommen wir irgendwann heute.«

»KTU?«

»Klar doch. Der volle Auftrieb. Die waren bis 3 Uhr morgens zugange. Der kleine Ackermann von der Staatsanwaltschaft war auch da.«

»Habt ihr diesen Journalisten vernommen?«

»Der war durch den Wind. Wenn das jetzt deine Kiste ist, solltest du mit ihm sprechen. Kollege Tannheimer hat so eine blöde Bemerkung gemacht.«

»Blöde Bemerkung?«

»Du kennst doch dieses homophobe Arschloch. Aber unter Umständen ist ja etwas dran.«

»Gut, dann schick mit bitte Name und Kontaktdaten. Das Haus ist versiegelt?«

»Ja. Schlüssel ist in der Asservatenkammer.«

»Danke, Peter.«

Mit einer Tasse Cappuccino ließ sie sich aufs Sofa fallen. Das passte alles nicht zusammen. Keine sieben Uhr und der Tag war schon gelaufen. Sie wählte Lukaschonskys Nummer, hatte aber nach fünfmaligem Klingeln nur den Anrufbeantworter dran. »Ruf mich an, Louis. Aber zackig! Es wird kompliziert.«

Sie stellt ihre Tasse in die Küche und verzog sich unter die Dusche.

Viertel vor acht rief sie bei Jens Stepprath an.

»Was willst du denn schon in aller Herrgottsfrühe?«

»Ungeklärter Todesfall gestern Nacht?«

Der Chef der Spurensicherung stöhnte. »Was wollt ihr Pfeifen denn alle schon so früh? Glaubt ihr, wir können hexen? Ruf mich später an. Nicht vor elf!«

Er hatte aufgelegt. Sie holte sich die PDFs der Tatortprotokolle aufs Handy. Der junge Journalist war wirklich durch den Wind gewesen. Vielleicht sollte sie sich den zuerst vorknöpfen. Wohnhaft Lilienstraße. Da konnte sie locker zu Fuß hingehen. Sie klippte sich ihre Dienstwaffe an den Gürtel und zog die cognacfarbene Lederjacke an. Man konnte nie wissen.

Zwanzig Minuten nach acht klingelt sie bei Maier-Sanft. Nach dem dritten Klingeln summte der Türöffner. Durch den Türspalt im zweiten Stock sah sie das Gesicht eines Jungen unter einem Wust roter Haare. Ein Junge, der verweinte Augen hatte und dessen weißer, seidener Morgenmantel halb offenstand.

»Jana Vecera, Herr Maier-Sanft. Kriminalpolizei. Ich muss Sie dringend sprechen.«

»Ich ... kann nicht. Ich ... habe doch gestern ...«, er schluchzte, »... ich habe doch gestern schon alles gesagt.«

»Ich muss mit Ihnen sprechen, solange das alles frisch in Ihrem Gedächtnis ist.«

»In meinem Gedächtnis ist nichts mehr frisch«, murmelte er.

»Sollen wir das wirklich zwischen Tür und Angel besprechen?«

Er drehte sich um und ging in die Wohnung, die Tür offenlassend. Jana folgte ihm in ein kleines Wohnzimmer, das aufgeräumt wirkte. Einen Teil der Wände bedeckten Bücherregale, über einem dunkelroten Sofa hingen zwei Frauenporträts. Daniel Maier-Sanft setzte sich zögerlich auf das Sofa und zog den Morgenmantel enger um sich.

»Wo ist die Küche?«, fragte Jana.

Der junge Mann machte eine undifferenzierte Kopfbewegung.

»Haben Sie eine Teekanne?«

Er nickte und Jana machte sich auf die Suche nach der Küche. Nachdem sie einen Wasserkocher, eine Teekanne und Teebeutel gefunden hatte, kehrte sie einige Minuten später mit einer Kanne Tee und zwei Tassen zurück. Daniel griff eine der Tassen, nachdem sie sie gefüllt hatte, und schien sich daran festzuhalten.

»Casper konnte ein solcher Arsch sein, aber war halt wahnsinnig lieb.«

»Waren Sie ein Paar?«

»Ich wäre gerne ein Paar gewesen, aber für ihn ... egal, er ist ja tot.«

»Was ist gestern geschehen?«

Er trank einen Schluck Tee. »Ich kam aus Wien zurück. Es war eine Schauspielpremiere und ich habe einen Beitrag aufgenommen. Es war zwar spät, aber ich wollte bei ihm vorbeischauen. Ich hatte ihn seit der Geschichte bei Librorius nicht mehr gesehen.«

»Warum?«

»Er hatte Angst, dass man uns zusammen sehen könnte. Angst vor einem Skandal. Der große CKC war in seinem Herzen ein kleiner, ängstlicher Junge.«

»Ich habe gehört, er war ein großes, intrigantes ...«

»Sagen Sie es nicht! Bitte!«

»War er es?«

»Er war beides.«

Sein Bademantel verrutsche und sie nahm seinen fast mädchenhaften Jungenkörper wahr.

»War es schön?«

Er lächelte. »Sehr.«

»Wissen Sie, wo er an diesem Abend vorher war?«

»Ich bin sicher, er war auf dem albernen Empfang im Haus des Buches. Ich hatte ihm gesagt, es würde ein Flop, aber diese dämliche Kuh ...«

»Dämliche Kuh?«

»Die Tante, die das Haus leitet. Felicitas Tattersall. Arrogant, unfähig, machtgierig ... brauchen Sie noch ein paar Adjektive?«

Jana schüttelte den Kopf.

»Warum würde es denn floppen?«

»Weil jemand Huldrych zwei Tage vorher ermordet hatte! Da gibt man doch kein rauschendes Fest zum 25-jährigen Bestehen des Hauses. Das ist takt- und geschmacklos. Aber, wie gesagt, Felicitas ist schon immer mit dem Kopf durch die Wand gegangen.«

Jana erinnerte sich, dass in der Tatortaussage des jungen Mannes nichts dazu gestanden hatte. »Warum haben Sie den Kollegen gestern Abend nichts davon erzählt?«

»Habe ich das nicht?« Er lehnte sich zurück und leerte seine Teetasse. Langsam kehrte Farbe in sein Gesicht zurück. »Ich kann mich nicht erinnern. Der gestrige Abend ist wie im Nebel. Ich sehe nur immer wieder sein Gesicht. Caspars Gesicht. So verzerrt. So voller Schmerzen.« Tränen liefen seine Wangen hinunter.

»Sollten Sie nicht besser einen Arzt aufsuchen?«

Er schüttelte den Kopf. »Keine Angst. Ich bin nicht suizidal, wenn Sie das denken. Ich bin einfach traurig. Leer. Das wird ein wenig dauern. Aber wie ich den Laden kenne, muss ich heute ins Studio, um meinen Beitrag aus Wien fertigzustellen.«

»Ernsthaft?«

»There is no Business like Showbusiness. Kann ich noch eine Tasse Tee haben, bitte?«

Sie goss ihm nach.

»Jana ist ein schöner Name.«

***

Sie winkte ein zufällig vorbeikommendes Taxi heran, stieg ein und sagte dem Fahrer, er solle sie zum Haus des Buches fahren. Nachdem sie einen Moment nachgedacht hatte, wählte sie erneut Lukaschonskys Nummer mit dem gleichen Resultat wie zwei Stunden zuvor.

Sie wählte Biedermanns Handynummer.

»Was haben Sie?«

»Lukaschonsky nicht erreicht. Ich habe mit Maier-Sanft gesprochen.«

»Das Betthascherl von diesem Radiofuzzi.«

Auch Kriminaldirektor Biedermann schien langsam die Contenance zu verlieren.

»Es ist ein netter und im Moment trauriger junger Mann. Er denkt, dass sein Chef am Abend auf einem Empfang im Haus des Buches gewesen ist.«

»Wieso hat er das nicht den Kollegen gestern Abend gesagt?«

Jana schwieg.

»Also gut. Fahren Sie dahin und hören Sie sich um. Aber diskret.«

»Ich bin schon auf dem Weg. Aber das sieht nach einer Mordermittlung aus, Herr Kriminaldirektor. Da hat Diskretion ihre Grenzen.«

***

Sie betrat das Café im Erdgeschoss des Hauses, wo ihr der Duft von frischem Kaffee und Croissants entgegenschlug. Nachdem der Tag vermutlich lang werden würde, entschloss sie sich, einen Cappuccino und ein Croissant zu bestellen und verzog sich an einen freien Tisch. Es war kaum Betrieb, am Nebentisch unterhielten sich zwei Frauen, die ihr einen kritischen Blick zugeworfen hatten, als sie sich setzte. Anscheinend kannte man sich hier.

»Ich weiß, dass es eine Pleite war, aber ich wollte es halt unbedingt durchziehen.«

»Ich befürchte, das wird Konsequenzen haben.«

»Sei doch nicht albern, Elisabeth.«

»Egon erzählte vorhin von verärgerten Anrufen.«

»Egon hat kein Rückgrat. Außerdem: Warum rufen die Leute ihn an und nicht mich.«

»Weil sie Angst vor dir haben.«

»Elisabeth, bitte.«

»In aller Freundschaft, Felicitas. Ich verstehe, dass du hier dein Ding durchziehen willst, aber ein wenig mehr Kompromissbereitschaft und ein Wort der Entschuldigung würde einige Wogen glätten.«

Durfte man als Kriminalbeamtin lauschen? War das gar eine Berufskrankheit? Nützlich oder moralisch verwerflich?

»Bekommt man hier vier Weißwürste und ein Weißbier?«, fragte eine Stimme hinter ihr, die sie nur zu gut kannte. Mit größter Anstrengung gelang es ihr, sich nicht umzudrehen, während jeder der anwesenden wenigen Gäste den Kopf in Richtung des Sprechers wandte.

»Leider nein«, säuselte der dunkelhaarige Gigolo hinter dem Bartresen. »Der Franziskaner ist aber nur wenige Schritte in diese Richtung.«

Jana blickte nicht in Richtung Lukaschonsky und fragte sich, warum Waldemar schwieg.

»Na dann«, sagte Lukaschonsky.

Zwei Minuten später wandte sich Jana vorsichtig um, aber er hatte das Café verlassen. Sie stand auf und holte sich einen weiteren Cappuccino.

»Sagen Sie nur, Sie kennen diesen Typen?«, fragte die überschlanke, fast knochige blonde Dame am Nebentisch, die mit der dunkelgrün gekleideten Dame mit den grau-violetten Haaren plauderte.«

»Darf ich?«, fragte Jana.

Elisabeth von Born nickte und Jana balancierte ihren Cappuccino hinüber.

»Kennen Sie ihn?«

»Ich befürchte, das war mein Chef.«

»Und wer ist Ihr Chef?«

»Kriminalhauptkommissar Louis Lukaschonsky. Hatte er einen Dackel dabei?«

Die Damen nickten.

»Dann war er's.«

»Der war aber noch nie hier«, meinte die Dame mit dem grau-violetten Haar.

»Frau Tattersall?«

»Kennen wir uns?«

»Nein«, meinte Jana lächelnd, »Aber ich habe heute Morgen schon von Ihnen gehört.« Sie sah die blonde Dame an. »Sie sind vermutlich auch im Literaturbereich tätig?«

»Könnte man so sagen, Elisabeth von Born.«

»Sie waren Freitagabend auf der Party von Huldrych Librorius.«

»Kriminalpolizei«, murmelte Frau von Born und fuhr mit den Händen durch ihr wirres, blondes Haar. »Suchen Sie hier nach dem Mörder von Huldrych?«

»Woher wissen Sie denn, dass er ermordet wurde?«

»Das pfeifen die Spatzen von den Dächern in München, Frau ...«

»Vecera, Kriminaloberkommissarin Jana Vecera.«

»Klingt Tschechisch«, kommentierte Felicitas Tattersall.

»Meine Familie stammt aus Pilsen.«

»Und was ist mit dem Mord?«, wollte Frau von Born wissen.

Jana wiegte ihren Kopf. »Was war das eigentlich für ein Flop hier, gestern Abend?«

»Woher haben Sie, dass es ein Flop war?«, brauste Felicitas Tattersall auf.

»Von Radio München.«

Die beiden Frauen sahen einander an.

»Ich hätte es wissen müssen«, murmelte Felicitas Tattersall. »CKC ist ein Schwein.«

»CKC?«, fragte Jana.

»Das müssen Sie nicht wissen!«

Es dauerte einen Moment, bis bei Jana der Groschen fiel. »Caspar Kurt Casper.«

»Schau an. Die Münchner Kripo ist besser als ihr Ruf.«

»War er gestern hier?«, fragte Jana.

»Natürlich war er hier. Es gab gute Musik und gratis Essen und Trinken aus der Dienerstraße.«

»Und?«

»Was und?«

»Sie haben beim Sprechen nach oben links geschaut, also gibt es ein ›und‹.«

Die beiden Frauen blickten einander starr an. »Warum fragen Sie das alles? Was hat das mit Huldrychs Ableben zu tun?«

»Vielleicht nichts, vielleicht alles. Beantworten Sie einfach meine Frage.«

»CKC war der Meinung, man hätte den gestrigen Abend absagen sollen«, antwortete Elisabeth von Born. »Pietät und so ...«

»Und Sie?«

»Wir waren unterschiedlicher Meinung.«

»Verständlich.«

»Wieso?«

»Weil man mir heute Morgen mehrfach versicherte, dass Sie, Frau Tattersall, gerne mit dem Kopf durch die Wand gehen.«

Elisabeth von Born lachte ungeniert, während Felicitas Tattersall ansetzte: »Also das ist ja wohl die Höhe. Woher ...«

»Hat sie doch schon gesagt: von den Vögeln bei Radio München«, fiel ihr die immer noch lachende Frau von Born ins Wort.

»Wieso waren Sie eigentlich am Freitag nicht auf Schloss Iringsburg?«, fragte Jana.

»Weil der alte .... Weil Huldrych Librorius mich nicht eingeladen hatte!«

»Und warum?«

»Weil ich hier die Kultur vertrete und er den Kommerz!«

Elisabeth von Born stand auf, ging an die Theke und kam mit drei Glas Prosecco zurück.

»Frieden, Schwestern, und jetzt mal Butter bei die Fische«, fuhr sie fort. »Was wollen Sie hier?«

»Waren Sie gestern Abend hier?«

»Ich bin Unternehmerin, ich muss abends Kasse machen.«

»Und jetzt?«

»Ich habe fähige Mitarbeiterinnen.«

Felicitas Tattersall lächelte maliziös.

»Sie haben meine Frage nicht beantwortet«, fuhr Elisabeth von Born fort.

»Ich hätte gerne eine Liste der Anwesenden des gestrigen Abends.«

»Und warum?«, fragte Frau Tattersall.

»Weil ich in zehn Minuten einen Gerichtsbeschluss haben kann und ... weil Caspar Kurt Casper tot ist.«

Jana wusste nicht, ob die Akustik in diesem Raum besonders hellhörig war, aber von einer Sekunde zur anderen herrschte Schweigen.

»Sagen Sie das noch einmal«, murmelte Elisabeth von Born.

»Sie haben mich doch gehört. Sollten wir nicht besser in Ihr Büro gehen, Frau Tattersall?«

»Gleich.« Sie gab dem Barista ein Zeichen und er kam mit drei weiteren Gläsern Prosecco an ihren Tisch.

Felicitas Tattersall holte ein paar Mal tief Luft, dann hob sie ihr Glas: »Auf ein seltenes Arschloch und einen geilen Kerl.« Nachdem sie ihr Glas in einem Zug geleert hatte, stand sie auf und sagte: »Na los, kommen Sie mit.«

»Warum haben Sie das gestern Abend durchgezogen?«

Felicitas Tattersalls Büro war nicht besonders groß, Plakate an den Wänden verkündeten vergangene Ausstellungen, Pflanzen gaben dem Ganzen einen grünen Anstrich. Sie ging mit einer Gießkanne von Topf zu Topf.

»Warum wollen Sie das wissen?«

»Ist es, weil Sie eine Frau sind?«

Tattersall drehte sich um, stellte die Gießkanne auf das Fensterbrett, ging zwei Schritte zu ihrem Schreibtischstuhl und ließ sich in ihn fallen.

»Vielleicht.«

»Hilft es?«

»Nein.«

»Warum dann?«

»Es befriedigt.«

Jana lachte verhalten.

»Sie kennen das«, bemerkte Frau Tattersall.

Jana spielte mit einem Knopf ihrer Bluse. »Wer war gestern Abend da?«

»Die Neugierigen, die Gierigen, die Dummen.«

»Und in welche Kategorie fällt CKC?«

»Der fällt in keine Kategorie, der ist selbst eine.«

»Und welche?«

»Sagte ich doch schon. Arschloch. Geil. Süß. Intelligent. Intrigant. München.«

Jana verbarg ein Lächeln. »Mochten Sie ihn?«

»Wer mochte ihn nicht? Die Frage ist immer: Warum?

Wenn du ihn auf dem falschen Fuß erwischt hast, verriss er dich. Wenn er dich mochte, hob er dich in den Himmel. CKC ist München, meine Liebe. Er ist, was diese Stadt ausmacht. Das Leere und das Schöne. Das Widerliche und das ... Wunderbare.«

»Haben Sie mit ihm geschlafen?«

»Was ...!«

»Haben Sie?«

»Caspar mochte keine Mädchen.«

»Wirklich?«

»Traurigerweise ja. Was für eine Verschwendung.«

»Schade.«

»Was ist schade?«

»Ich hätte ihn gerne kennengelernt«

»Wissen Sie, was Nachtfaltern passiert, wenn sie der Lampe zu nahekommen?«

Jana musste grinsen. »Wir leben im 21. Jahrhundert. LEDs sind erfunden.«

Frau Tattersall lachte trocken. »Netter Versuch, Kleines, netter Versuch. Was wollen Sie jetzt von mir?«

»Sie meinen abgesehen von CKC? Eine Liste der Anwesenden gestern Abend.«

»Wir protokollieren das nicht. Gestern Abend schon zweimal nicht. Wir waren dankbar für jeden Anwesenden. Ich kann Ihnen eine Liste der eingeladenen Gäste geben und aus dem Gedächtnis die nennen, bei denen ich mich erinnere, dass sie zugegen waren.«

»Das wäre doch einmal ein Anfang.«

»Christian Librorius war gekommen?«, fragte Jana zehn Minuten später.

»Das hat mich zugegebenermaßen gewundert«, antwortete Frau Tattersall. »Er blieb aber höchstens zehn Minuten. Wirkte für mich mehr wie ein Pflichtbesuch.«

»Wer hat gestern Abend das Catering übernommen?«

»Das Essen kam von Dallmayr, der Service von Munich Event Catering.«

In diesem Moment klingelte Janas Telefon.

Die Gerichtsmedizin. Sie machte eine entschuldigende Geste zu Frau Tattersall und nahm das Gespräch an.

»Doktor?«

»Guten Morgen, Frau Vecera.«

»Ob das ein guter Morgen wird, lassen wir mal dahingestellt.«

»Kann ich nachvollziehen.«

»Was haben Sie denn für mich?«

Doktor Goldstein räusperte sich. »Es sieht nach einer Lebensmittelvergiftung aus.«

»Müssten wir dann nicht weitere Fälle haben?«

»Genau das ist das Problem. Wir haben den Botulismus-Erreger isoliert, aber Rückfragen bei den Münchner Krankenhäusern ergaben keine Resultate.«

»Was heißt das für uns, Herr Doktor?«

»Was ich Ihrem Chef schon gesagt habe. Wenn niemand sonst betroffen ist, hat man das dem guten Herrn Casper ins Essen gerührt.« Er schwieg einen Moment. »Das ist nicht alles.«

»Was denn noch?«

»Er ist nicht daran gestorben. Er hatte ein Aneurysma an der Aorta, das vermutlich auf Grund des heftigen Erbrechens geplatzt ist. Er ist innerlich verblutet.«

»Dann war es kein Mord.«

»Es war und bleibt eine Vergiftung mit Botulismus-

Bakterien. Wir können nicht ausschließen, dass es tödlich geendet hätte.«

»Das macht es nicht einfacher, Herr Doktor. Wissen Sie, was er gegessen hat?«

»Er dürfte das meiste wieder von sich gegeben haben, aber ich würde auf einen Heringssalat und geräucherte Forelle tippen.«

»Danke.«

Sie wandte sich erneut Frau Tattersall zu, die Papiere auf ihrem Schreibtisch geordnet hatte. »Können Sie mir zeigen, wo der Empfang gestern stattfand?«

Sie gingen in den obersten Stock des Hauses, wo das Reinigungspersonal zugange war. Nachdem Jana einige Leute in Sweatshirts mit MEC auf dem Rücken sah, fragte sie: »Sind die vom Caterer?«

Frau Tattersall nickte. »Der blonde Herr da hinten mit dem bezeichnenden Namen ›Schmalz‹ ist so etwas wie ein Manager.«

Sie ging auf den Herrn zu, der wie die anderen ein dunkelblaues Sweatshirt mit dem goldenen MEC auf dem Rücken trug.

»Kann ich etwas für Sie tun?«, erkundigte er sich.

Jana zeigte ihm unauffällig ihre Dienstmarke. »Kommissarin Jana Vecera von der Kripo München. Ich muss Sie kurz sprechen.«

»Geht es um die Sache auf Schloss Iringsburg?«, wollte er wissen.

»Waren Sie da auch?«

»Ja, das war mein Team.«

»Waren das gestern Abend dieselben Leute wie letzten Freitag?«

»Einige ja, aber nicht alle. Zwei Drittel unserer Mitarbeiter sind freie Mitarbeiter, viele sind Studenten oder Minijobber. Der Chef vom Buffet ist ein fester Mitarbeiter, der Chef des Service auch.«

»Ich brauche von Ihnen eine Liste, wer gestern hier gearbeitet hat.«

»Was hat das Fest gestern denn mit dem Tod von Herrn Librorius tun?«

»Vielleicht nichts, vielleicht alles«, antwortete Jana kryptisch.

Das Gesicht von Herrn Schmalz war ein einziges Fragezeichen.

»Wo war denn gestern das Buffet aufgebaut?«

»Nebenan.«

Sie gingen in einen Nebenraum, entlang einer Wand befand sich eine Reihe Tische. Die Tischdecken lagen zusammengefaltet darauf, daneben standen Aluminiumkisten, in denen sich schmutziges Geschirr und andere Gegenstände, die am letzten Abend hier Verwendung gefunden hatten, befanden.

»Gab es Fisch und Meeresfrüchte?«

»Aber natürlich. Erstklassige Qualität.«

»Haben Sie Reste oder die Schüsseln, in denen das serviert wurde?«

»Haben Sie Hunger?«

»Ja, aber nicht auf Heringssalat.«

»Na, dann wissen Sie schon, was es gab.«

»Mich würde interessieren, ob noch etwas davon da ist.«

Er ging zu einem großen Kühlschrank, öffnete ihn und begutachtete eine Reihe von Plastikcontainern. Dann kratzte er sich am Kopf und meinte: »Ich glaube, das ist der Heringssalat.«

»Und die geräucherte Forelle?«

Er sah sie fragend an, aber als sie nichts weiter sagte, ließ er seinen Blick ein weiteres Mal über die Überreste des gestrigen Abends schweifen. »Ich glaube, die ist in der kleinen Box hier.«

»Ist das benutzte Geschirr noch hier?«

»Ja, das transportieren wir gleich ab.«

»Ich befürchte«, meinte Jana, »das transportieren wir ab.«

»Jetzt verstehe ich gar nichts mehr. Was soll das alles und warum interessiert sich die Kriminalpolizei für unser gestriges Buffet?«

»Weil heute Nacht einer der Anwesenden vermutlich an einer Lebensmittelvergiftung gestorben.«

»Scheiße.«

»Das können Sie laut sagen. Wir müssen Ihre Mitarbeiter vernehmen sowie das Geschirr und einzelne Speisen kriminaltechnisch untersuchen.«

»Das wird dem Chef nicht gefallen.«

Sie zuckte mit den Schultern und wählte Steppraths Nummer.

»Kannst du bitte ein Team ins Haus des Buches schicken?«

»Eine Leiche?«

»Nein, aber Casper hat sich hier eine Lebensmittelvergiftung eingefangen, die mittelbar seinen Tod herbeigeführt hat, wenn ich Doktor Goldstein richtig verstanden habe. Ich habe den Caterer daran hindern können, den ganzen Krempel abzutransportieren.«

»Da brauchen wir aber einen Gerichtsbeschluss.«

»Im Zweifelsfall ist hier Gefahr im Verzug, aber ich probiere Louis zu erreichen.«

Louis Telefon läutete, aber mehr passierte nicht. Jana stöhnte und wählte Biedermanns Nummer.

»Haben Sie endlich einen Täter?«

»Ist das Ihr Versuch, mich mit einem kleinen Scherz aufzumuntern?«

»Haben Sie etwas?«

»Casper hatte eine Lebensmittelvergiftung. Er hat gestern Abend eine Veranstaltung im Haus des Buches besucht. Ich bin hier, habe die Überreste beschlagnahmt und Stepprath alarmiert.«

»Da könnten ja mehr Leute betroffen sein?«

»Laut Doktor Goldstein nicht. Er hat bei den Kliniken herumtelefoniert. Sieht für mich auf den ersten Blick nach einem gezielten Anschlag aus.«

»Da brauchen Sie aber eine gerichtliche Anordnung.«

»Ich gehe von Gefahr im Verzug aus. Würden Sie bitte Staatsanwalt Ackermann anrufen, damit wir auf der sicheren Seite sind? Er war gestern Abend laut Stepprath dabei.«

»Wo ist denn Lukaschonsky?«

»Keine Ahnung.«

Sie wandte sich wieder an den Caterer. »Wie gesagt, die Spurensicherung ist gleich hier.« Sie lächelte. »Wir sind ja quasi ums Eck.«

»Und Sie wollen alles mitnehmen?«

»Das entscheiden die Kollegen. Aus meiner Sicht reichen die verwendeten Schüsseln, Teller und mögliche Infektionsherde. Das geschieht zu Ihrer eigenen Sicherheit.«

»Wissen Sie, um was für einen Keim es sich gehandelt hat?«

»Botulismus.«

Herr Schmalz war blass geworden.

»Brauchen Sie mich noch?«, fragte Frau Tattersall.

»Der Rest ist Polizeiarbeit. Wir müssen die Reste von gestern untersuchen lassen.«

»Aber ..«

»Wir machen das diskret. Andererseits ... Sie kennen ja die Presse, ganz zu schweigen von den Social Media. Vielleicht wappnen Sie sich besser.«

Sie nickte.

Jens Stepprath tippte ihr auf die Schulter.

»Was jetzt, Boss?«

»Folgen Sie mir unauffällig.«

Frau Tattersall lächelte.

Wenn das die Münchner Literaturszene wüsste.

Sie ging mit ihm in den obersten Stock, wo die Mitarbeiter des Caterers standen und nicht wussten, wie es weitergeht. Sie winkte Herrn Schmalz heran.

»Das ist Jens Stepprath, unser leitender Kriminaltechniker. Herr Schmalz«, sagte zu Stepprath, »ist der Chef der Catering Crew.«

»Und was sollen wir jetzt prüfen?«

»Ich würde sagen, ihr nehmt das benutzte Geschirr mit, glücklicherweise waren nicht so viele Leute da.«

»Glücklicherweise nach deiner Definition.«

Sie grinste. »Unsere Hauptverdächtigen sind der Heringssalat und die geräucherte Forelle. Beides hat Goldstein im Magen des Opfers gefunden.«

»Der hat da noch etwas gefunden? Respekt. Der Junge hatte sich praktisch die Seele aus dem Leib gekotzt.«

Herr Schmalz wurde wieder blass.

»Ich lass euch allein«, meinte Jana. »Ich sollte langsam

einen Mörder fangen, sonst mache ich demnächst Verkehrskontrollen in der Oberpfalz.«

***

Auf dem Weg ins Präsidium lief sie einen Umweg und ging am Franziskaner vorbei. Wie erwartet saß Lukaschonsky in dem kleinen Gastgarten und verfütterte die letzte seiner Weißwürste an Waldemar.

»Hockst du hier jetzt schon zwei Stunden?«

»Anderthalb. Was ist denn in dieser Kulturbude herausgekommen?«

Sie wurden vom Kellner unterbrochen und Jana, die plötzlich merkte, dass sie hungrig war, bestellte ein Omelett, ein Glas Riesling und ein Mineralwasser.

»Hast du mich bemerkt?«

»Klar doch.«

»Und warum bist du dahin gegangen?«

»Na, weil er sich dort sein Botu-Dingsbums eingefangen hat. Oder?«

»Stepprath prüft das heute Nachmittag. Was wolltest du eigentlich gestern bei der Hexenstaller.«

Er lächelte und goss Waldemar ein wenig seines Weißbiers in eine kleine Schüssel, die am Boden stand.

»Ich habe gehört, dass Frau Hexenstaller in diverse Geschäfte verwickelt ist.«

»Wo hast du das gehört?«

»Hier und da.«

»Was für Geschäfte?«

»Sie besitzt Immobilien, drei Buchhandlungen und ist an einer Firma beteiligt, die sich mit alternativen Medikamenten befasst.«

Jana pfiff leise. »Also weit mehr als nur eine esoterische Buchhandlung. Und woher hast du alles?«

»Der Bruder meiner Ex ist Steuerberater und Wirtschaftsprüfer. Er tut mir ab und zu einen Gefallen, ich sorge dafür, dass ab und zu einer seiner Strafzettel aus dem System verschwindet.«

»Wenn das rauskommt ...«

»Das kommt nicht raus. Der Kollege bei der Verkehrspolizei braucht einen guten Steuerberater, weil er reich geheiratet hat.«

Hatte Helmut Dietl nicht einmal gesagt, in München sei alles auf eine wohltuende Weise fad?

»Und wie soll uns das helfen?«

»Wir sollten uns die ganzen Pülverchen mal ansehen, die sie da in ihrem Büro hat und diese pharmazeutische Firma unter die Lupe nehmen.«

»Sie müsste ja schön blöd sein, wenn sie da Blausäure herumstehen hat. Hast du überhaupt ein Motiv? Mal davon abgesehen: Dann hätte sie einen Komplizen gebraucht, denn die vergifteten Orangen sind mit an Sicherheit grenzender Wahrscheinlichkeit erst in der Nacht hinzugefügt worden.«

»Die Frau hat Geld. Sie kann jemanden kaufen.«

»Aber warum?«

Ihr Omelett kam und sie begann zu essen. Lukaschonsky bezahlte. Drei Weißbier und fünf Weißwürste. Jana fragte sich, wie viele er und wie viele Waldemar gegessen hatte, dessen Bauch immer dem Boden immer näher kam.

»Was hast du denn heute Nachmittag vor?«, fragte er Jana.

»Ich möchte mit Christian Librorius sprechen.«

»Und was versprichst du dir davon?

»Die Schwester hat etwas von einer Stiftung gesagt, in die der Alte das Unternehmen umwandeln wollte. Mich würde interessieren, ob das für den jungen Librorius irgendwelche Konsequenzen gehabt hätte.«

»Und du denkst, er erzählt dir das?«

»Es kommt immer darauf an, wer fragt und wie man fragt.«

Er zog eine Braue hoch und seinen Trenchcoat an, nahm Waldemar an die Leine und nickte ihr zu. Sie wischte den Teller mit einem Stück Brot aus, bestellte sich noch ein Glas Wein, nahm das Handy und rief Daniela Librorius an. Nachdem sie einander begrüßt hatten, fragte sie: »Sind Sie wieder in Zürich?«

»Ja, seit gestern Abend.«

»Und ihr Bruder?«

»Der ist in München. Er wartet die Freigabe von Vaters Leiche ab, um den Rücktransport in die Schweiz zu veranlassen. Das scheint deutlich bürokratischer zu sein, als wir gedacht haben.«

»Ich würde gerne mit ihm sprechen, könnten Sie mir seine Handynummer geben?«

Sie diktierte ihr aus dem Kopf eine Schweizer Handynummer.

»Wissen Sie, worum es Ihrem Vater mit dieser Stiftung ging?«

»Genaues weiß ich nicht. Das hat er mit unseren Anwälten ausgeknobelt. Ihm ging es vor allem um den Erhalt der Unabhängigkeit des Librorius Verlags und seines Programms.«

»Wissen Sie, wie ich Frau Delgardis in Zürich erreichen kann?«

»Warum wollen Sie mit ihr sprechen?«

»Ich muss mit allen sprechen, die am Ende der Veranstaltung anwesend waren oder im Schloss übernachtet haben.«

»Ich suche ihre Handynummer und sende sie Ihnen auf Ihr Handy.«

»Vielen Dank.«

Als Nächstes rief sie den Bruder an.

»Was wollen Sie denn? Können Sie mir sagen, wann der Körper meines Vaters endlich freigegeben wird?«

»Die Entscheidung liegt nicht in meiner Hand, dafür ist der Staatsanwalt zuständig. Ich kann aber gerne versuchen, ihn zu erreichen. Ich muss Sie noch einmal sprechen.«

»Warum?«

»Ihr Vater ist ermordet worden und wir bemühen uns, die genauen Umstände zu klären, um auf die Spur des Täters zu kommen.«

»Oder der Täterin.«

»Haben Sie einen Verdacht? Dann sollten Sie ihn mir mitteilen.«

»Nein, ich habe keinen Verdacht. Wo können wir uns denn treffen, wenn es denn sein muss?«

»Sind Sie in München?«

»Ja.«

»Sie können aufs Präsidium kommen.«

»Wenn es Ihnen nichts ausmacht, kommen Sie lieber zu mir ins Büro, ich habe einige Termine, könnte Sie aber in einer halben Stunde einschieben.«

»Wo ist denn Ihr Büro?«

»Die Niederlassung des Verlags ist in der Delp Straße in Bogenhausen, direkt am Böhmerwaldplatz.«

»Sie sagten gegen drei?«

»Sagen wir lieber um drei Uhr.«

Er hatte aufgelegt. Charmant war etwas anderes. Sie lief zum Odeonsplatz und nahm die U4.

Sie bummelte den Böhmerwaldplatz entlang, sah kleinen Kindern beim Spielen zu und ein Pärchen händchenhaltend über den Rasen laufen. Was für einen merkwürdigen Beruf sie hatte. Als sie bei der Polizei anfing, reizte sie das Abenteuer. Ein Traum, der schnell, allerspätestens bei der Bereitschaftspolizei verflogen war. Jetzt war es eher das intellektuelle Spiel, das Aufdecken von Verborgenem, die Suche nach Motiven. Nur manchmal, wie an diesem sonnigen Nachmittag, spürte sie das Böse, dem sie auf der Spur war. In München waren im letzten Jahr 22 Morde geschehen, 22 Tragödien. 19 Täter hatten sie und die Kollegen gefasst. Bei jedem Mord konnte sie das Böse spüren. Auch hier.

Auf dem goldenen Schild am Eingang der Villa fanden sich die Namen der diversen Unternehmungen von Huldrych Librorius in Deutschland einschließlich der Helga Librorius Stiftung. Hatte Daniela Librorius nicht gesagt, die Stiftung sollte erst gegründet werden?

»Mein Name ist Vecera«, sagte sie zu dem jungen Mann am Empfang. »Ich habe einen Termin mit Christian Librorius.«

Er bat sie, einen Moment Platz zu nehmen, und griff zum Telefon. Wenige Minuten später kam Librorius die Treppe herunter.

»Schön, dass Sie kommen konnten, Frau Vecera«, meinte er. »Kommen Sie doch mit.« Als sie in seinem Büro angekommen waren und die Tür geschlossen hatten ergänzte er: »Danke, dass Sie da unten nicht mit Ihrem Dienstausweis herumgewedelt haben.«

»Diskretion gehört zum Handwerk. Ich arbeite ja nicht für die Abendzeitung.«

»Möchten Sie einen Espresso?«

Sie sah die ECM auf dem Sideboard stehen und antwortete: »Wenn Sie damit umgehen können, gerne.«

Er lachte verhalten und begann an der Maschine zu hantieren. Nachdem er den Espresso vor sie hingestellt hatte, fragt er: »Was wollen Sie von mir?«

»Möchten Sie nicht herausfinden, wer Ihren Vater umgebracht hat?«

Er spielte mit der Espressotasse. »Wissen Sie, göttliche Rache ist so ein protestantisches Ding. Mein Vater war kein Verehrer von Zwingli. Wenn ihn jemand ermordet hat ... ja, dann möchte ich, dass Sie ihn finden, dass er bestraft wird. Aber es bringt mir meinen Vater nicht zurück.«

Sie trank einen Schluck Espresso und sah ihn nachdenklich an. »Glauben Sie an die Wirksamkeit von Strafe?«

»Fragen Sie, ob ich Foucault gelesen habe?«

»Touché. Wie wird es nach dem Tod Ihres Vaters mit dem Verlag und den Buchhandlungen weitergehen?«

»Mein Vater wollte die Librorius AG in eine Stiftung umfirmieren, um deren Unabhängigkeit zu bewahren. Wir müssen jetzt sehen, inwieweit das machbar und relevant ist.«

»Ich dachte, es gibt schon eine Librorius Stiftung?«

»Sie haben die Firmierungen unten gelesen. Das ist die Stiftung im Namen meiner Mutter. Sie dient der Förderung der europäischen Poesie.« Christian Librorius hatte seinen Mund verzogen.

»Und die andere Stiftung?«

»Darüber kann ich Ihnen nichts sagen. Mein Vater hat das mit unseren Anwälten besprochen. Sobald sein Testament eröffnet ist, wissen wir mehr.«

»Mögen Sie Uhren?«

»Warum?«

»Bei unserer ersten Begegnung hatten Sie eine völlig andere am Handgelenk.«

»Es stimmt. Ich mag diese wunderbaren Instrumente, die die zutiefst menschliche Zeit messen. Sie ist so bedeutungslos im universalen Kontext, finden Sie nicht?« Er betrachtete die goldene Armbanduhr, die er an seinem linken Handgelenk trug. »Mein Vater hat es nie verstanden, aber ich finde Uhren faszinierend.«

»Sammeln Sie Uhren?«

»Ich besitze ein paar. Alle mit einer Geschichte.« Er sah sie an. »Ich repariere sie auch. Ich möchte sie wieder in Takt bringen. Verstehen Sie? In Takt. So, dass sie mit der Gesellschaft, in der wir leben, im Einklang sind.«

»Sie sind ja fast ein Philosoph.«

»Mein Vater hätte Ihnen sicher widersprochen. Er sah in mir immer nur den kühlen Rechner, den Kaufmann. Ich habe seine Liebe zu den Büchern nicht geerbt, dafür steht meine Schwester, die sicher irgendwann seinen Platz als Verlegerin einnehmen wird. Ich kümmere mich eher darum, dass wir nicht Pleite machen.«

»Insolvenz mit 250 Buchhandlungen und einem großen und, wie ich höre, erfolgreichen Verlag?«

»Das geht schneller, als man denkt, wenn man nur die Kunst und nicht die Franken im Blick hat. Mein alter Herr hätte mit dem Verlag in den ersten zehn Jahren beinahe zweimal eine Pleite hingelegt. Das war, bevor wir in den Buchhandel eingestiegen sind. Jedes Mal hat ihn unser heutiger CFO, früher hieß er einfach ›kaufmännischer Geschäftsführer‹, gerettet.«

»Das ist der Mann, mit dem Sie jetzt arbeiten?«

Er nickte versonnen. »Dolf verbindet das, was Vater im Innersten ausmachte, mit einem ausgeprägten Sinn für Zahlen.«

»Ihr Vater galt doch als findiger Geschäftsmann. Das hat man mir zumindest erzählt.«

»Das war er auch. Nur manchmal verstieg er sich in Ideen und verlor die Zahlen aus dem Blick. Meistens hörte er dann glücklicherweise auf Dolf Stern.«

»Was würden Sie denn gerne anders machen in Ihrem Haus?«

»Ich glaube nicht, dass ich das mit Ihnen diskutieren kann. Vater wollte unbedingt die Unabhängigkeit des Librorius Verlags erhalten. Deshalb dieses Konstrukt mit der Holding und der großflächige Einstieg in den Buchhandel. Da können Sie richtig Geld verdienen.«

»Der Verlag hängt quasi am Tropf?«

»Er ist nicht defizitär, wenn sie das meinen.«

»Aber die Rendite entspricht nicht Ihren Vorstellungen.«

»Vielleicht sollten Sie in die Abteilung Wirtschaftskriminalität wechseln, Frau Vecera.« Er warf einen Blick auf seine Armbanduhr. »Mein nächster Termin ist in fünf Minuten, wir müssen jetzt leider Schluss machen.«

Er nahm eine Visitenkarte aus der Seitentasche seines Jacketts, zog einen Caran d'Ache Füllfederhalter aus der Innentasche, schraubte ihn auf, schrieb eine Nummer auf die Rückseite und reichte ihr die Karte. »Das ist mein privates Handy. Wenn Sie etwas brauchen, melden Sie sich.«

»Eine letzte Frage: Was können Sie mir zu Silvia Delgardis erzählen?«

Sein Gesicht verhärtete sich. »Nichts. Gar nichts. Erinnern Sie sich, was ich vorhin über die bisweilen verrückten Ideen meines Vaters sagte? Ich werde die Dame hoffentlich bei seiner Beerdigung das letzte Mal sehen.«

Als Jana zur Tür ging, blieb ihr Blick an einer großen blauen Porzellanschale hängen, die mit Obst gefüllt war.

»Möchten Sie einen Apfel? Das sind Glockenäpfel, eine alte Sorte, die ich auf einem kleinen Bauernhof im Aargau anbaue.«

»Gerne. Aber die Orangen züchten Sie nicht in der Schweiz.«

»Das geht vielleicht im Tessin, aber nicht im Aargau. Die hier schickt mir immer einer unserer Autoren aus Israel. Sie stammen aus ökologischem Landbau in dem Kibbuz, wo er lebt.«

»Also nicht nur Zahlenmensch, sondern auch Ökolandwirt?«

Er drückte ihr einen Apfel und eine Orange in die Hand. »Man kann sich doch um die Zahlen und ein wenig um den Planeten kümmern, oder?«

***

Als sie wieder durch den Park lief, fiel ihr ein, dass ihr Auto in der Nähe des Rosenhofs stand. Sie nahm die U-Bahn zum Max-Weber-Platz und dann die Tram zum Deutschen Museum. Nach einem kurzen Spaziergang stand sie an ihrem Auto, an dem sich dank des Parkausweises von Georg Grundinger kein Strafzettel fand. Sie ging weiter die Straße hinunter und betrat das Gasthaus, in dem nur ein paar junge Männer vor ihrem Weißbier saßen.

An die stehend Theke fragte eine junge Frau, die Gläser polierte, ob der Georg da sei. Diese machte mit ihrem Kopf eine ruckartige Bewegung nach hinten links. »Der ist im Büro.«

Er bemerkte sie nicht, als sie in der offenen Bürotür stand. »Ich dachte, du würdest Geld zählen.«

Georg sah auf, lächelte, tippte etwas auf seinem Keyboard und stemmte sich aus dem altersschwachen Drehstuhl hoch. »Das ist doch mal eine freudige Überraschung. Kommst du dein Auto holen?«

»Auch.«

»Was kann ich denn sonst für dich tun?«

»Der Tag war mäßig, das Omelett heute Mittag auch.«

Georg rieb sich die Hände. »Dem können wir abhelfen.«

Er hatte sie in einen Alkoven platziert und brachte ihr ein Glas Weißwein.

»Du willst ja nur, dass ich meinen Mini weiterhin bei dir geparkt lasse.«

»Probier‘ lieber diesen Grünen Veltliner aus alten Reben vom Pfaffl. Spitze, sage ich dir.«

Als Nächstes stellte er einen großen Teller mit einem Wiener Schnitzel vor sie und setzte sich mit einem Glas Weißwein gegenüber.

»Du glaubst doch nicht ernsthaft, dass ich das esse.«

»Habe ich eigenhändig für dich zubereitet. Bestes bayrisches Kalb aus ökologischer Haltung, klassisch paniert. Nix Fertigscheiß wie bei der Konkurrenz. Es gibt nichts Besseres, um die Lebensgeister zu wecken.«

»Bekomme ich wenigstens einen Salat dazu?«

Er stand auf, verschwand in der Küche, um Minuten später mit einem großen grünen Salat zurückzukehren.

Während er seinen Wein trank, beobachtete er zufrieden, wie sich ihre Gesichtszüge entspannten. »Was ist denn passiert, seitdem wir uns das letzte Mal gesehen haben?«

»Ich war am Montag bei dieser Gundula Hexenstaller.«

»Und? Hat sie dich verhext?«

Sie legte das Besteck ab und sah ihm in die Augen. »Was weißt du über diese Frau?«

»Habe ich dir doch schon gesagt: Die ist nicht koscher.«

Jana strich sich kurz über die Schultern.

»Ist dir kalt?«

Sie schüttelte den Kopf.

»Sie hat es mit dir gemacht.«

»Was ist das denn, was sie macht?« Ihre Stimme war etwas lauter geworden.

»Ich weiß es nicht, Jana. Ich habe nur davon gehört. Sie kann es nur bei Frauen. Sven behauptet, es könne etwas mit hypnotischen Fähigkeiten zu tun haben, aber das halte ich für Quatsch.«

»Sven?«

»Das ist ein Kleinverleger und Schriftsteller aus Milbertshofen.«

»Es fühlte sich an, als ob sie körperliche Kontrolle über einen hat.«

»Sie hat es also wirklich mit dir gemacht.«

Jana nickte. »Zufällig kam mein Chef in den Laden. Wer weiß, wo das sonst geendet hätte.«

Georg Grundinger spielte mit seinem leeren Weinglas, stand auf und kam mit einer vollen Flasche zurück.

»Was wollte dein Chef bei ihr?«

Jana schob sich ein letztes Stück Schnitzel in den Mund. »Sagen wir: Du hattest Recht. Der guten Frau gehört erheblich mehr, als sie zugibt.«

»Das ist doch kein Grund, den alten Librorius umzubringen. An den und seine Kohle kommt sie in 20 Jahren nicht hin.«

»Da sind wir uns einig.«

»Und sonst?«

»Du bist kein Hauptverdächtiger mehr.«

»Weil ich gut koche?«

»Weil du es mit großer Wahrscheinlichkeit nicht getan haben kannst. Und eure Hexe auch nicht.«

»Warum?«

»Kein Kommentar.«

Er schenkte Wein nach.

»Was weißt du über seinen Sohn?«

»Du meinst den Scrooge im Hause Librorius?«

»Ich habe gerade mit ihm gesprochen und fand ihn gar nicht so unsympathisch.«

»Ich habe ihn ein paar Mal getroffen. Nein, das ist zu viel gesagt. Unsereiner ist für Christian Luft. Unwichtig. Bestenfalls ein Kostenfaktor, wenn wir eingeladen sind. Christian Librorius ist ein Narzisst reinsten Wassers, wenn nicht Schlimmeres.«

»Du hältst den jungen Librorius für einen Narzissten?«

»Ja, es spiegelt sich in seinen Handlungen. Er versucht, sein Bedürfnis nach Bestätigung sozial funktional zu erreichen, ohne groß anzuecken. Es ist ihm wichtig, positiv auf andere zu wirken.«

»Also eher kein Mörder«

»Die Grenzen sind fließend, Jana. Aus einem Narzissten kann leicht ein subklinischer Psychopath werden.«

»Warum bist du eigentlich kein Psychologe geworden?«

Er zuckte mit den Schultern. »Eine Mischung aus Selbstzweifel und mangelnder Lust, gemischt mit Geldmangel für die klinische Ausbildung.«

»Kennst du diese ominöse Freundin von Huldrych?«

»Silvia Delgardis? Als die das erste Mal an seiner Seite auftauchte, begann in München das große Tuscheln. Die ganze Szene hat öffentlich den Kopf geschüttelt. Sie ist deutlich jünger als er und man sah schon einen Skandal wie bei Suhrkamp sich abzeichnen.«

»Das beantwortet meine Frage nicht.«

»Ich bin ihr zwei oder drei Mal begegnet. Kennen kann man das kaum nennen. Sie ist nett, gebildet, sie nimmt dich wahr, reagiert auf dich, zeigt deutlich weniger Distanz als Huldrych. Ich glaube, sie hat ihm gutgetan.«

»Christian war offenbar anderer Meinung.«

»Christian ist ein raffgieriger Narzisst. Der hatte Angst um die väterlichen Fränklis.«

»Da ist doch genug für alle.«

»Der junge Mann hat teure Hobbys und teure Freundinnen. Der Herr Papa hat das nicht sonderlich goutiert, ihn aber machen lassen.«

Sie hielt ihm ihr leeres Glas hin.

»Der Wagen bleibt?«

»Was erzählt man sich denn so über den Empfang im Haus des Buches?«

»Was erzählt man sich denn so über den Tod von CKC?«

Sie musste lachen. »Du arbeitest nicht nebenberuflich für die Abendzeitung, oder?«

»War es Mord?«

»Keine Ahnung. Die Presse wird zeitnah durch Herrn Kriminaldirektor Biedermann und den leitenden Ermittler Kriminalhauptkommissar Louis Lukaschonsky informiert.«

»Und Georg von dir.«

»Es war mittelbar eine Lebensmittelvergiftung, gestorben ist er allerdings an einem geplatzten Aneurysma. Und wenn du das jemand erzählst, sorge ich dafür, dass die Lebensmittelkontrolle alle drei Tage bei dir vorbeischaut.«

»Pfadfinderehrenwort. Das heißt, er hat sich so heftig erbrochen ... Was war das denn?«

»Botulismus.«

»Und dann nur ein Fall?«

»Watson, Watson«, sie drohte ihm mit dem Finger.

»Es war also Mord?«

»Ich weiß nicht, wie das der Staatsanwalt einstuft. Ich bin hier nur das Laufmädel.«

»Aber wenn es nur ihn betrifft ...«

»... könnte es durchaus sein. Aber wie gesagt, wir wissen es nicht und Justitia ist blind. Und für Mord müssen juristisch bestimmte Gegebenheiten erfüllt sein.«

»Hast du Jura studiert?«

»Nein, zu faul. Polizei wirkte spannender. Aber ich habe in den letzten Jahren einiges gelernt. Es gibt sympathische Staatsanwälte.«

Seine Mine verdüsterte sich. »Wer war denn da an diesem Abend im Haus des Buches?«

Sie suchte in ihrer Jackentasche und förderte drei gefaltete Blätter Papier zutage. »Frau Tattersall hat die Leute markiert, an die sie sich erinnert.«

Er goss Wein nach und überflog die Liste. »Die meisten scheinen ja zu Hause geblieben zu sein.«

»Den Eindruck hatte ich auch. Die Atmosphäre war heute Morgen ein wenig angespannt.«

Er lachte verhalten. »Das hatte sich die gute Felicitas sicher anders vorgestellt. Das ist das Problem, wenn man glaubt, die Ideen prägen das Sein.«

»Wie meinst du das?«

»Die gute Frau glaubt, wenn sie ruft, kommen alle.« Er blickte sie über sein Weinglas an. »Meistens ist das leider so. Dieses Mal hat sie sich offenbar verrechnet. Weiß du, wer das ist?« Er deutete mit dem Finger auf den Namen Adrian Aschenbach.

Sie schüttelte den Kopf.

»Das ist die vorletzte ›Entdeckung‹ von CKC.«

»Weißt du, was der jetzt macht?«

»Na ja, das Ende der Zusammenarbeit mit CKC bedeutet meistens das Ende der Zusammenarbeit mit Radio München. Der gute Casper hat in den letzten acht Jahren, seit er Chef des Feuilletons ist, wenn ich mich nicht täusche, vier überaus begabte Knaben aufgearbeitet.«

Jana trank einen großen Schluck Wein.

»Der erste ist beim Spiegel gelandet und dürfte eine Karriere vor sich haben, der zweite ist ins Ausland gegangen, vom dritten weiß ich es nicht und Adrian hat sich bei Mama und Papa verkrochen.«

»Die da wären?«

»Die Miteigentümer einer großen Münchner Tageszeitung.«

***

Sie hatte sich auf den Heimweg gemacht, als das Lokal sich zu füllen begann. Georg hatte sie gebeten wiederzukommen, aber sie war sich nicht sicher. Nach der letzten Beziehung hatte sie sich geschworen, mindestens zwölf Monate abstinent zu leben, und das war gerade einmal sechs Monate her.

Sie spazierte nach Hause, beschwingt von dem Weißwein, den Georg ihr kredenzt hatte. Es half nur nicht. Wer hatte Huldrych Librorius drei mit Zyankali versetzte Orangen in dieses Gefäß praktiziert? Wer hatte überhaupt Zugriff auf diese Substanz? Es war wie immer: Sie waren die umherlaufenden Hühner und Lukaschonsky gab den Hahn. Und dann dieser Journalist.

Sie bog rechts ab und blieb kurz darauf am Isarhochufer stehen. Man hatte von hier einen schönen Blick auf die Stadt, die Lichtreklamen, den Fluss, die Autos, die mit ihren Scheinwerfern flüchtig das Leben in den Straßen beleuchteten, Menschen, die ameisengleich die Brücke überquerten oder auf der anderen Seite der Isar entlang liefen.

›München leuchtet‹, aber nur mit LEDs‹, dachte sie bei sich. Was war übrig von den zwanziger Jahren, selbst von den Siebzigern? München wollte so viel und war so wenig.

Mittwoch

Ein ›Pling‹ von ihrem Handy hatte sie um kurz vor sieben geweckt, es war aber nur eine Nachricht ihrer Bank gewesen. Mechanisch schwang sie ihre Beine aus dem Bett, trank ein Glas Wasser und zog sich den weißen Jogginganzug an. Sie hatte kurz daran gedacht, die Orange von Christian Librorius auszupressen, den Gedanken aber dann verworfen. Was, wenn es eine vergiftete Orange war?

Klar denken konnte sie wieder nach etwa zwei Kilometern entlang der Isar. Es war ein kühler, trockener Morgen, Föhn in Alpennähe. Die Menschen, die sie um sich herum wahrnahm, schienen distanziert.

›Means, Motive, Opportunity‹ hatte man ihnen in Hiltrup beigebracht. Mit anderen Worten ›Mittel, Motiv und Gelegenheit‹. Gelegenheit hätte Christian gehabt, das Motiv war schon nebulöser und die Mittel? Blausäure konnte man nicht in der nächsten Apotheke kaufen.

Und dann war da dieser Typ, den CKC offensichtlich abserviert hatte, der an dem Abend im Haus des Buches anwesend war. Aber wo sollte ein Sohn aus gutem Hause so schnell Clostridium Botulinum herbekommen?

Als sie kurz vor acht ihre Wohnungstür aufschloss, meldete sich ihr Handy.

»Haben Sie die Durchsuchung dieser Buchhandlung angeordnet?«, fragte Kriminaldirektor Biedermann.

»Was soll ich angeordnet haben?«

»Die Durchsuchung der Buchhandlung ›Anbeginn‹.«

»Herr Kriminaldirektor, ich komme gerade von meinem Morgenlauf zurück, versuche aus all dem, was ich gestern gehört habe, Klarheit zu gewinnen, und würde ohne Lukaschonsky, Sie oder den Staatsanwalt gar nichts anordnen. Woher wissen Sie, was da passiert?«

»Irgendjemand hat den Polizeipräsidenten angerufen, der sich bei mir informieren wollte, was Sache ist, und jetzt frage ich Sie.«

Der König sprach‘s, der Page lief, dachte sich Jana. »Ich muss Sie leider enttäuschen. Ich habe keine Ahnung. Können Sie Lukaschonsky nicht erreichen?«

»Nein.«

»Und wer durchsucht da?«

»Angeblich wir und die Steuerfahndung.«

»Und Sie können wirklich nicht ...«

»Nein.« Das letzte ›Nein‹ klang schon deutlich muffiger.

»Und jetzt hätten Sie gerne ...«

»... dass Sie Ihren Alabasterleib ins nächste Taxi schwingen und schauen, was da los ist.«

»Lukaschonsky ist immer noch mein ...«

»Wenn er so weiter macht, nicht mehr lange.«

»Aber duschen darf ich schon?«

Biedermann hatte aufgelegt.

***

Viertel vor neun entstieg sie dem Taxi vor der Buchhandlung Gundula Hexenstallers, wo ziviles und uniformiertes Personal ein- und ausging. Es würde ein Riesenspaß werden, diesen Monat ihre Reisekosten abzurechnen. In der guten, alten Zeit hätte Harry sie mit dem Wagen abgeholt. Als sie durch die Tür gehen wollte, kam Stepprath heraus, zog die Augenbrauen hoch, griff den Ärmel ihrer Lederjacke und zog sie ein paar Meter die Straße hinunter. »Hast du von diesem Quatsch etwas gewusst?«

»Jens, mich hat vor einer dreiviertel Stunde Biedermann quasi aus der Dusche hierher zitiert. Irgendwer hat den Präsidenten angerufen, der hat ihn angerufen, und er hat mich angerufen ...«

»Und schon bist du da. Du bist der einzig erfreuliche Anblick hier. Dein Chef scheint mit der Besitzerin abgezogen zu sein, bevor wir eintrafen, die Steuerfahndung gibt sich zugeknöpft und ich habe keine Ahnung, wonach ich suchen soll.«

»Blausäure? Clostridium Botulinum? Warum fragt ihr alle mich? Fragt doch Lukaschonsky!«

»Die Tante hat alle möglichen Pülverchen, Globuli, Tees und was weiß ich für einen Scheiß in ihren 300 Schubladen. Ich frage mich, wer Louis mit welcher Begründung diesen Durchsuchungsbeschluss ausgestellt hat.«

»Du kennst ihn doch. Er hat immer mehr als nur Schwein gehabt und im entscheidenden Moment das Richtige gefunden.«

»Meistens hast du das Richtige gefunden.«

Sie zuckte mit den Schultern.

»Ich weiß. Er hat die Lorbeeren eingeheimst. Aber ich

habe gehört, dass man das ›an höherer Stelle‹...«, er zog dramatisch die Augenbrauen hoch, »...bemerkt hat.«

»Das Ganze ist völliger Quatsch. Vielleicht findet die Steuerfahndung ja etwas. Ich habe aus verschiedenen Quellen gehört, dass die gute Frau Hexenstaller bei weitem nicht so esoterisch ist, wie sie sich gibt, und bei weitem mehr Geld hat, als sie vorgibt.«

»Wir sollen also Blausäure finden.«

»Es macht keinen Sinn. Wie kommt man denn an Blausäure heran? Im Supermarkt gibt es die nicht.«

»Berechtigtes Interesse«, meinte Jens Stepprath.

»Und wer könnte das haben?«

»Labore, die Industrie, Juweliere.«

»Juweliere?«

»So komisch es klingen mag, Blausäure ist ein ausgezeichnetes Mittel, um Gold zu reinigen. Sofern man sich damit auskennt und die entsprechenden Sicherheitsvorkehrungen trifft.«

»Und das geht hier in Deutschland?«

»Wenn ich mich richtig erinnere, gab es darum vor ein paar Jahren mal einen Rechtsstreit. Du kannst das sicher recherchieren. Dabei kam heraus, dass du nicht einmal einen Giftschein brauchst. Unsere Toxikologin ist damals fast aus den Latschen gekippt.«

Jana schüttelte den Kopf. »Und was kannst du mir zu Clostridium Botulinum erzählen?«

»Wir haben auf zwei Tellern und einer Schüssel eine hohe Konzentration des Botulismuserregers gefunden. Mir ist nicht klar, warum sich damit nicht mehr Menschen infiziert haben, denn dann wäre es einfach Schlamperei des Caterers oder des Herstellers gewesen. Das würde dann ziemliche Wellen schlagen.«

»Kannst du dir vorstellen, was passiert ist?«

»Die einzig sinnvolle Variante wäre, dass man Casper eine Schüssel mit infiziertem Salat untergeschoben hat, deren Inhalt man, nachdem er sich bedient hatte, sofort wieder entsorgt hat.«

»Und der zweite Teller?«

»Das kann eine Übertragung beim Transport gewesen sein. Wir haben das Zeug ja mit großer Verzögerung abgeholt. Hast du denn einen Verdächtigen?«

»Es war einer der vielen von Casper abgeschobenen Jungjournalisten bei der Veranstaltung.«

Er sah sie fragend an und sie erzählte ihm, was sie von Georg Grundinger erfahren hatte.

Stepprath schüttelte den Kopf. »Weltstadt mit Herz, oder? Hat der Knabe einen Namen?«

»Adrian Aschenbach«

Stepprath pfiff durch die Zähne. »Da bist du ja mitten in der Jeunesse Dorée gelandet.«

»Kennst du ihn?«

»Der alte Aschenbach ist einer der Mitherausgeber der Münchner Neuesten Nachrichten. Angeblich liberal, aber im Kern katholisch und konservativ. Wenn das stimmt, was du mir zu CKC erzählt hast, hätte er seinen Sohn mit Sicherheit hinausgeworfen.«

»Angeblich pfeifen das in München die Spatzen von den Dächern.«

»Möglicherweise ist man in Grünwald ein wenig schwerhörig. Aber im Ernst, Jana: Wenn der Junge Molekularbiologe wäre, angehender Arzt oder wenigstens in der Pharmaforschung tätig wäre. Aber wie soll ein Journalist, der auf Kultur macht, an den Botulismus Erreger herankommen.«

»Recherchier doch mal ein wenig. Ideen sind hier immer willkommen.«

Sie gingen zurück zu Hexenstallers Laden.

»Machen Sie, dass Sie rauskommen!«, plärrte eine fuchsteufelswilde Gundula Hexenstaller, die gerade einem Taxi entstiegen war. Als Jana und Jens Stepprath auf sie zugingen, kam sie ihnen mit ausgestreckten Fingern entgegen. »Das wirst du mir büßen, du kleines Miststück.«

Jana zückte ihre Dienstwaffe, drängte Stepprath hinter sich und sagte ruhig: »Ein Wort mehr oder einen Schritt näher und Sie sitzen im Knast. Und dieses Mal für länger.«

Gundula Hexenstaller hielt inne und sah sie interessiert an. »Du hast Nerven, Herzilein.«

»Noch ein ›Du‹ und Sie sind wegen Beamtenbeleidigung dran, Frau Hexenstaller«, antwortete Jana. »Wenn Sie die Kollegen bei der Durchsuchung behindern, nehme ich Sie wegen Behinderung der Justiz fest.«

»Powerplay, Frau Kommissarin? Ich hoffe, Sie wissen, was Sie tun.«

»Ich denke, die Kollegen wissen bald, was Sie mit Ihren Finanzen unternehmen, Frau Hexenstaller. Und dann wird es interessant, oder?«

Gundula Hexenstaller sah sie aus zusammengekniffenen Augen an.

Von der Seite trat ein Herr mit grauem Bürstenhaarschnitt, der ein braunes Cordjackett trug, hinzu. »Sind Sie die leitende Ermittlerin? Steuerfahndung, Zaluskowsky.«

Jana lächelte ihn an. »Ich bin eher die leidende Ermittlerin. Kriminalhauptkommissar Lukaschonsky ist zuständig, aber wenn man ihn braucht, ist er nie da.« Sie blickte Gundula Hexenstaller an. »Aber, Herr Zaluskowsky, schauen Sie doch im Rahmen Ihrer Ermittlungen bei der Münchner Bodenkreditbank vorbei. Ich habe gehört, das könnte sich als nützlich erweisen.«

Gundula Hexenstaller war blass geworden.

Janas Handy meldete sich und sie entschuldigte sich bei Stepprath mit einem Fingerzeig und sagte zu Gundula Hexenstaller: »Denken Sie daran: Wenn Sie den Kollegen in die Quere kommen oder da drin irgendetwas anfassen, gehören Sie der Katz!«

»Vecera«, sagte sie in ihr Telefon, lauter als sie geplant hatte.

»Frau Vecera, was ist da los? Lukaschonsky bringt eine Frau zum Verhör, deren Anwalt fünf Minuten später hier ist, und kurz darauf habe ich den Präsidenten wieder am Telefon.«

»Angeblich ist die Dame gut vernetzt. Außerdem ist sie aufdringlich, unverschämt, weitere Eigenschaften erspare ich Ihnen.«

»Warum hat Lukaschonsky ...«

»Fragen Sie doch bitte ihn, Herr Kriminaldirektor. Wenn es um den Mord geht: Sie kann es quasi nicht getan haben.«

»Warum?«

»Weil nicht die vorhandenen Orangen vergiftet wurden, sondern neue vergiftete hinzugefügt wurden.«

»Wieso weiß ich das nicht?«

»Lukaschonsky weiß es. Er ist der leitende Ermittler, erinnern Sie sich?«

»Kommen Sie zu mir aufs Präsidium. Sobald Sie können.«

Als sie ihr Handy wieder eingesteckt hatte und sich umdrehte, stand ein großer, schlanker Mann mit einem kurzen Vollbart vor ihr, der eine Visitenkarte aus seinem blaugrauen Jackett nahm und ihr hinhielt.

»Rechtsanwalt Doktor Grünbaum.«

»Was kann ich für Sie tun?«

»Meine Mandantin unverzüglich in Ruhe lassen.«

»Meines Erachtens haben wir einen gültigen Durchsuchungsbeschluss.«

»Für den gibt es keine Rechtsgrundlage und ...«

Sie hielt ihm ihre Hand entgegen.

»Reden Sie bitte mit Kriminalhauptkommissar Lukaschonsky, dem Staatsanwalt oder dem Richter.«

»Meine Mandantin sagt, Sie seien die zuständige Beamtin.«

»Ihre Mandantin kann sich glücklich schätzen, dass ich sie nicht wegen Tätlichkeit gegen Vollzugsbeamte festgenommen habe, verstehen Sie, Herr Rechtsanwalt? Und jetzt lassen Sie uns bitte unsere Arbeit machen. Beschweren können Sie sich woanders.« Sie wandte sich ab und ging zu Stepprath.

»Lukaschonsky ist ein solcher Vollpfosten.«

»Die Herren von der Steuerfahndung machen recht fröhliche Gesichter, Jana. Wir haben zumindest ein paar Substanzen gefunden, auf die wir einen Blick werfen werden. Und sei es nur um diese alte Ziege zu ärgern.« Er grinste sie verschwörerisch an.

»Biedermann will mich sehen. Wenn ihr fertig seid, packt ein.«

***

Kurz vor elf saß sie auf einem bequemen Sessel in Kriminaldirektor Biedermanns Büro und betrachtete die Brühe, die man im Polizeipräsidium für Kaffee hielt, mit Verachtung. Sie hatte ihrem obersten Chef alles erzählt, was sich in den letzten zwei Tagen ereignet hatte, und der hatte sich seinen spärlich behaarten Schädel gerieben.

»Ganz schön verfahren«, meinte er.

Sie nickte und starrte weiter den Kaffee an.

»Was wollen Sie bei unserem Schweizer Freund unternehmen?«

»Ich weiß es nicht, Herr Kriminaldirektor. Es kann nur jemand gewesen sein, der die Nacht im Schloss verbracht hat. Sofern uns da nicht derjenige durchgegangen ist, den Agatha Christie üblicherweise auf den letzten zehn Seiten präsentiert, habe ich keine Ahnung.«

»Der Sohn?«

»Möglicherweise hat er ein Motiv, vielleicht ist er geldgierig oder machthungrig, vielleicht war die neue Stiftung seines Vaters nicht nach seinem Geschmack. Wir müssen jedoch beweisen, dass er ihn umgebracht hat.«

»Haben Sie schon mit dieser Freundin gesprochen?«

»Ich versuche, sie zu erreichen. Ob das etwas bringt, weiß ich nicht. Es wäre einfacher, wenn sie hier wäre.«

»Und die Geschichte mit Casper?«

»Sie haben doch gehört, was ich Ihnen sagte. Das ist genauso verworren. Wir haben einen möglichen Verdächtigen. Und selbst dieses ›Möglich‹ steht auf wackligen Beinen. Casper ist laut Goldstein an einem Aneurysma gestorben, die Lebensmittelvergiftung war nur mittelbar. Da ruft der Anwalt vom Papa dann schnell beim ...«

»... Präsidenten an, ich weiß. Und jetzt?«

»Ich hatte noch kein Mittagessen. Und dann werde ich

ein wenig herumschnüffeln. Vielleicht ist mir ja einmal im Leben Lukaschonskys Glück hold.«

»Das Glück hilft zwar der Tüchtigen, wie mein alter Lateinlehrer zu sagen pflegte«, meinte Biedermann, »aber Ihre Tüchtigkeit reicht mir. Bringen Sie mir Resultate. Wir brauchen sie.«

***

Sie wollte nicht schon wieder zu Georg, aber wenn sie sich die gastronomischen Einrichtungen im Zentrum Münchens so betrachtete, nahm sie lieber die U5.

Es war halb eins, als sie die gut gefüllte Gaststube betrat und sah, dass ›ihr‹ Alkoven frei war. Sie ignorierte das ›Reserviert‹-Schild und nahm Platz. Den Kellner, der sie fragte, ob sie einen Tisch reservierte habe, lächelte sie an und sagte: »Würden Sie bitte Georg sagen, dass ich da bin?«

Der erschien schweißgebadet, mit rotem Kopf und in Kochjacke eine Minute später. »Warum hast du nicht angerufen?«

»Ich wusste, dass du mir einen Tisch freihältst. Ich brauche eine Stärkung und jetzt überlasse ich dich wieder der Küche.«

Er schüttelte den Kopf. »Verrücktes Huhn.«

Ein Kellner brachte eine Karaffe mit Rotwein und sagte: »Der Chef lässt ausrichten, Sie sollen raten.«

Als Nächstes kamen warmes, dunkles Brot und ein kleiner Napf mit Schmalz. Sie fühlte die Wärme des Weins und genoss das knusprige Brot. Dann griff sie zum Telefon und wählte die Nummer von Silvia Delgardis, erreichte aber nur ihre Mailbox. Sie hinterließ eine Nachricht mit der Bitte um Rückruf.

Der Kellner erschien erneut und stellte einen Teller vor sie. Bevor sie etwas fragen konnte, lächelte er und verzog sich. Sie schnitt eine kleine Scheibe Fleisch ab und diese schmolz förmlich im Mund, das gleiche galt für das, was sie für ein Kartoffelgratin hielt, aber noch nie so leicht gegessen hatte.

Ein paar Minuten später tauchte Georg mit deutlich weniger rotem Kopf auf, setzte sich ihr gegenüber, goss sich ein Glas Rotwein ein und nickte dem Kellner zu, die Karaffe wieder zu füllen.

»Krise vorüber?«

»Nicht ganz.«

»Was war denn?«

»Einer unserer Köche ist krankheitsbedingt ausgefallen und dann muss ich einspringen.«

»Nicht, dass es dir keinen Spaß machen würde.«

»Außer du bist da.«

Sie schwieg einen Moment und wandte sich wieder ihrem Essen zu.

»Schmeckt's?«

»Ich bin nicht so der Fleischfan, aber das ist das Beste, was ich seit langem gegessen habe.«

»Das freut mich.« Er trank einen weiteren Schluck Wein.

»Ist der wieder von diesem Herrn Pfaffl?«

Er wiegte den Kopf.

»Pinot Reserve 2020?«

»Woher weißt du das?«

»Hey, ich arbeite bei der Kriminalpolizei.«

Er suchte mit den Augen den Kellner.

»Lass ihn in Ruhe. Einen Spätburgunder schmecke ich heraus und Schlussfolgerungen gehören zum Geschäft.« Sie aß genüsslich weiter.

»Stimmt es, dass ihr heute Morgen bei der Gaukelei wart?«

Sie musste lachen. »Die Münchner Buschtrommeln.«

»Also ja. Und? Was habt ihr gefunden?«

»Kein Kommentar.«

Er zog die Augenbrauen hoch.

»Ich kann nichts sagen. Wenn überhaupt, ist das eher etwas für die Steuerfahndung als für uns.«

»Das wäre doch einmal ein genialer Schachzug. Al Capone haben sie genauso erwischt. Und sonst?«

Sie spielte mit ihrem leeren Glas und er goss ihr nach.

»Wir haben jede Menge lose Enden und nichts, um sie zu verbinden.«

»Die Geschichte mit Adrian ist übrigens raus.«

»Wie meinst du das?«

»Irgendjemand hat dem Papa gesteckt, dass sein Sohn mit CKC geschlafen hat. Der Alte ist fuchsteufelswild.«

Jana schüttelte den Kopf und beförderte das letzte Stück Rinderfilet in ihren Mund.

»Das ist aber nicht alles«, fuhr Georg fort.

»Du bist ein unerschöpflicher Quell.«

»Ich habe die richtigen Kunden, Cherie.«

»Muss ich dich jetzt vorladen oder erzählst du es freiwillig?«

»Angeblich hatte der kleine Adrian einen Freund, der erheblich jünger und attraktiver war als der in seinen Augen greise Caspar. Irgendwann hat Casper es herausgefunden, den Jungen abserviert und darauf vertraut, dass er damit nicht zu seinem Papi rennen kann. Wenn der gewusst hätte, was sein Sohn so treibt, hätte er erst ihn und dann Casper abserviert.«

»Das hätte er gekonnt?«

»Die Aschenbachs sind alter Münchner Geldadel. Ich denke ja.«

»Hat dieser ›Freund‹ einen Namen?«

Er trank einen Schluck Rotwein und winkte dem Kellner. »Nachdem, was ich heute Morgen gehört habe, heißt er Dominic Allebertin.«

»Ein Franzose?«

»Keine Ahnung. Ich arbeite ja nicht bei der Kripo.« Er grinste. »Ich mache nur Small Talk.«

»Du genießt das, oder?«

»Ich genieße dich, Cherie. Hier bei mir. Deinen Anblick.« Er lächelte versonnen. »Das genieße ich.«

Ihr Handy meldete sich, als der Kellner kam, um die Teller abzuräumen. Georgs rechte Hand deutete einen Espresso an, sie nickte und ging nach einem Blick auf das Display nach draußen.

»Vecera.«

»Mein Name ist Silvia Delgardis«, sagte eine Frau mit leicht schweizerdeutschem Akzent. »Sie hatten versucht, mich zu erreichen?«

»Das stimmt, Frau Delgardis. Ich bin Ermittlerin bei der Münchner Kriminalpolizei und befasse mich mit dem Tod von Huldrych Librorius.«

»Kriminalpolizei? Ich dachte Huldrych sei an einem Herzinfarkt ...«

»Verfolgen Sie die Presse nicht, Frau Delgardis?«

Sie schwieg für einen Moment. »Ehrlich gesagt, nein. Sie müssen verstehen, Huldrych und ich standen uns sehr nahe. Ich tue mich schwer, mit seinem plötzlichen Tod fertig zu werden.«

Jana wusste nicht, was sie sagen sollte.

»Warum kümmert sich die Kriminalpolizei darum?«

»Haben Sie nicht gesehen, dass wir am Samstagmorgen auf Schloss Iringsburg waren?«

»Nein. Und selbst wenn, ich hätte es für normal gehalten. Hier in der Schweiz kommt die Polizei auch bei einem plötzlichen, unerklärlichen Todesfall.«

»War er denn so unerklärlich?«

»Zumindest ich hätte nicht damit gerechnet. Huldrych war Freitagabend entspannt, in guter Stimmung. Wir unterhielten uns kurz auf dem Balkon.« Sie stockte einen Moment. »Wir wollten seinen geschäftlichen Erfolg ein wenig später nur für uns feiern.«

»Wer war Huldrych Librorius für Sie?«

»Das ist eine sehr persönliche Frage und Sie haben mir meine noch nicht beantwortet.«

»Herr Librorius ist mit an Sicherheit grenzender Wahrscheinlichkeit ermordet worden.«

»Ich wusste nicht, dass Polizeibeamtinnen das wirklich sagen.«

»Doch, das tun sie.«

»Wie?«

»Das ...«

»Lassen Sie es besser. Wenn ich jetzt auflege und drei Leute anrufe, weiß ich es.«

»Er ist mit Blausäure vergiftet worden.«

»Wie genau?«

»Das ...«

Frau Delgardis schwieg einen Moment. Dann murmelte sie: »Die Orangen.«

»Sie wissen, dass Sie damit unsere Hauptverdächtige sind?«

»Sie lesen zu viele schlechte Kriminalromane.«

Beide schwiegen eine Weile.

»Wer würde Huldrych umbringen wollen?«

»Ich weiß es nicht. Ich weiß nicht, wer so weit gehen würde.«

»Wie meinen Sie das?«

»Huldrych hatte Auseinandersetzungen. Er musste ein großes Haus führen und er wollte die Unabhängigkeit des Verlags und der Buchhandelskette sicherstellen. Aber deswegen hätte ihn niemand umgebracht.«

»Auch nicht sein Sohn?«

»Was wissen Sie?«

»Nicht genug.«

»Glauben Sie ...?«

»Ich weiß es nicht.«

»Was wissen Sie über die Stiftung?«

»Sie meinen die neue.«

»Ja.«

»Nur das, was mir Christian erzählt hat.«

»Er hat Ihnen davon erzählt?«

»Ja, auf Nachfrage.«

Silvia Delgardis schwieg. Sie schien zu überlegen. »Ich komme morgen nach München. Ich sage Ihnen, wann und wo wir uns treffen können.«

Als sie wieder ihren Tisch im Gasthof zustrebte, war Georg verschwunden, aber der Kellner tauchte auf.

»Der Chef lässt Ihnen ausrichten, sie nähmen den Espresso in seinem Büro.«

Georg saß hinter einem überfüllten Schreibtisch und

machte Notizen auf einem DIN A3 großen Blatt. Sie schaute ihm über die Schulter.

»Ich dachte, Küchenpläne seien heute digital.«

»Im Moment kann ich mit einem Stift und einem Blatt Papier besser denken. Mit wem hast du telefoniert?«

»Mit der Freundin von Huldrych Librorius.«

»Der schwer fassbaren Silvia.«

»Du kennst Silvia Delgardis?«

»Nein. Ich habe von ihr gehört.«

Sie sah ihn fragend an.

»Scheint so etwas wie seine späte Liebe zu sein. Keine Ahnung, ob nur platonisch oder mehr. Hat mich, ehrlich gesagt, nie interessiert.«

»Was ist mit seiner Frau?«

»Wenn ich mich richtig erinnere, ist die vor 15 Jahren oder so bei einem Verkehrsunfall ums Leben gekommen.«

»Wer ist diese Silvia Delgardis?«

»Am besten recherchierst du da selbst ein wenig. Die Delgardis sind eine Schweizer Industriellenfamilie. Medien, Rüstung, großes Portfolio. Sie ist Journalistin und Schriftstellerin. Die beiden haben sich vor vier oder fünf Jahren kennengelernt. Er hat einen Band mit ihren Reportagen publiziert, das Ganze wurde ein Erfolg. Ein Jahr später veröffentlichte sie ihren ersten Roman im Librorius Verlag, ›Der schöne Schein‹, in dem sie die Züricher Gesellschaft porträtiert. Sehr kontrovers, aber ein Bestseller. Danach hat man die beiden öfters auf Veranstaltungen gesehen, aber immer dezent. Das ist alles, was ich dir dazu sagen kann.«

Sie legte ihm die Hand auf die Schulter. »Ich mache mich auf und schaue, ob ich mehr zu diesem Freund von Adrian Aschenbach herausfinde.«

»Hältst du das ernsthaft für eine Spur?«

»Wenn ich mir den Rest der Gästeliste anschaue, ja. Außer es gäbe eine Geschichte, von der wir keine Ahnung haben.«

***

Als sie im Präsidium auf ihr Büro zusteuerte, kam ihr Lukaschonsky entgegen, erstaunlicherweise ohne Dackel.

»Hast du was Neues?«, fragte sie ihn.

»Ich habe mir die Liste, die du von Frau Tattersall bekommen hast, angeschaut und dann ein wenig die Klatschpresse studiert.«

»Und?«

»Vor etwa einem Jahr gab es eine Schlammschlacht zwischen Casper und einem Redakteur bei den ›Münchner Kulissen‹, in deren Verlauf es zu einer Prügelei im Club ›Munich IN‹ kam. Der Redakteur hatte Casper diverse Plagiate in seinen Sendungen vorgeworfen. Die Vorwürfe waren aber nicht haltbar und Casper hat angeblich dafür gesorgt, dass er gefeuert wurde. Er soll öffentlich gedroht haben, ihn dafür büßen zu lassen.«

»Und wie heißt der Mann?«

»Claus Bellheim.«

»Weißt du, was er heute macht?«

»Auf seiner Webseite steht ›Freier Journalist‹.«

»Du wirst einen Zusammenhang mit dem Botulismus Bakterium finden müssen.«

»Das ist der Plan.«

Lukaschonsky klopfte ihr auf die Schulter und lief den Gang hinunter. Er hätte fragen können, was ich so treibe, dachte sich Jana und schloss ihr Büro auf.

Nachdem der Computer hochgefahren war, versuchte sie zunächst mehr über Adrian Aschenbach herauszufinden. Er hatte an der Münchner Filmhochschule studiert, war genauso alt wie Daniel Maier-Sanft und hatte nach dem Studium ein Volontariat bei Radio München begonnen, wo ihn Casper unter seine Fittiche und mehr genommen hatte. Sie fand zahlreiche Bilder, auf denen er auf gesellschaftlichen Ereignissen zu sehen war. Er sah völlig anders aus als Maier-Sanft mit seinem roten Wuschelkopf, aber vom Typus her war er ähnlich.

Als sie Dominic Allebertin in die Suchmaske eingab, fand sie einen Eintrag ins Melderegister. 28 Jahre alt, wohnhaft in München Großhadern. Das Internet war deutlich ergiebiger. Sie fand einen Dr. rer.nat. Dominic Allebertin, der am Bornstein Institut für Mikrobiologie forschte. Auf dem Bild der Institutsseite sah er ein wenig aus wie der junge Pierre Brice.

***

Es war 15:30 Uhr und einen Besuch in Martinsried wert. Dieses Mal forderte sie einen Dienstwagen an. Viertel nach vier fuhr sie auf den Besucherparkplatz des Forschungsinstituts und fragte einige Minuten später nach Dr. Allebertin am Empfang.

»Worum geht es denn?«, fragte die Rezeptionisten.

Jana zögerte einen Moment, dann entschloss sie sich mit offenen Karten zu spielen und zeigt ihren Dienstausweis. »Es geht um eine Zeugenaussage.«

Die junge Dame griff zum Telefon und verkündete kurz darauf: »Herr Dr. Allebertin ist nicht am Platz. Seine Kollegin meint, er sei schon nach Hause gefahren. Vielleicht vereinbaren Sie besser telefonisch einen Termin.«

Jana bedankte sich höflich, verließ das Gebäude und wandte sich nach rechts, wo sich der Parkplatz für die Angestellten befand. Kaum war sie um die Ecke gebogen, sah sie einen Mann mit wehenden dunklen Haaren einem BMW-Cabrio zustreben. Sie legte einen kurzen Sprint ein und rief, als sie nur wenige Meter von dem Mann entfernt war: »Herr Doktor Allebertin!«

Der Mann drehte sich um, sah sie verwundert an und öffnete die Wagentür. Einen Augenblick später stand sie neben ihm.

»Wenn Sie sich um einen Platz im Seminar bewerben wollen, machen Sie bitte einen Termin. Ich habe im Moment leider keine Zeit.«

»Kriminalpolizei.«

Er ließ seinen Rucksack fallen.

»Sie haben damit gerechnet, oder nicht?«

Das war ein Schuss ins Blaue. Er sah sie starr an.

»Wollten Sie ihn umbringen?«

»Nein ...«

Hinter einer Hecke befand sich ein kleiner Park. Vor einer Reihe von Büschen stand eine Bank im Halbschatten.

»Wollen wir uns einen Moment setzten und reden?«

Er hob seine Tasche auf und folgte ihr. Als sie auf der Bank saßen, hielt er seine Tasche umklammert und sah blass aus. »Was passiert mit Adrian?«, war seine erste Frage.

»Das kommt darauf an, was passiert ist. Warum haben Sie Caspar Kurt Casper Clostridium Botulinum Bakterien gegeben? Was haben Sie sich dabei gedacht?«

Er sah zu Boden. »Adrian hat darunter gelitten, was dieses Schwein mit ihm gemacht hat. Wie er ihn gedemütigt hat. Welche Schmerzen er ihm zugefügt hat.« Er blickte hoch. »Er hat ein letztes Mal mit ihm geschlafen, ihn dann nackt vor die Tür gesetzt und seine Kleider hinterhergeworfen. Adrian war zwei Wochen krank, er hat sich nur noch übergeben, verstehen Sie. Dann kam die Kündigung von Radio München, die er seinem Vater verheimlicht hat.«

»Was macht er jetzt?«

»Ich habe mit einem Freund in einem Münchner Literaturverlag gesprochen, die suchen im Moment einen Lektor. Das erste Vorstellungsgespräch ist gut gelaufen.«

»Glauben Sie wirklich, er könnte seinem Vater das alles verheimlichen? Ich habe heute Mittag gehört, dass die Katze aus dem Sack sei.«

»Wie meinen Sie das?«

»Ein Freund hat mir gesagt, der alte Aschenbach habe erfahren, was sein Sohn mit Casper neben der Arbeit fürs Radio so getrieben hat.«

Er griff in sein Jackett, wählte eine Nummer, aber niemand antwortete. Er sprang auf, sah Jana an und sagte: »Sind Sie sicher? Woher sollte der alte Aschenbach das erfahren haben?«

»Ich habe die heutige Presse nicht gelesen, aber ich habe gestern schon gehört, dass die homosexuelle Beziehung von ihm zu Daniel Maier-Sanft allgemein bekannt sei. Ich denke, es war nur eine Frage der Zeit, und Herr Aschenbach ist sicher nicht auf den Kopf gefallen.«

Er drehte sich um, lief zwei Schritte in Richtung seines Wagens, ging dann zur Bank zurück, nahm seine Tasche und verharrte vor Jana. »Ich muss zu ihm.«

»Wissen Sie denn, wo er ist?«

»Normalerweise bei mir zuhause, außer er geht an der Würm spazieren.«

»Haben Sie Angst?«

Er nickte. »Adrian hatte nach dem Zusammenstoß mit Casper eine schwere Zeit. Er ist sehr verletzlich und er war in den letzten Monaten in psychiatrischer Behandlung.« Er drückte die Tasche wieder an seine Brust. »Er hatte Angstzustände, konnte nicht schlafen. Wenn das stimmt, was Sie mir gerade gesagt haben...«

»... ist er suizidgefährdet.«

Dominic Allebertin nickte.

Jana sprang auf. »Kommen Sie!«

»Ich möchte lieber meinen Wagen ...«

»Meiner hat ein Blaulicht.«

***

Sie fuhren durch den dichter werdenden Feierabendverkehr von Martinsried nach Planegg und parkten vor einem flachen Mehrfamilienhaus aus den siebziger Jahren, an dessen Fassade sich Beton und Blumen die Waage hielten. Allebertin riss die Wagentür auf und lief mit Jana im Schlepptau auf das Haus zu, schloss erst die Haustür und dann die Wohnungstür auf.

»Adrian!«

Keine Antwort.

Dominic Allebertin rang verzweifelt die Hände.

»Haben Sie eine Ahnung, wo er sein könnte?«

Er schüttelte den Kopf.

»Sie sagten vorhin etwas von der Würm.«

»Ja, manchmal geht er dort spazieren oder in Maria Eich.«

»Kommen Sie!«

»Wohin?«

»Nach Maria Eich.«

»Und warum dorthin?«

»Weil es dort einsamer ist.«

***

Dank ihres Blaulichts schafften sie es in weniger als fünf Minuten.

»Sehen Sie sich um«, meinte Jana. »Sie wissen genau, wie er aussieht. Möglicherweise ist er hier irgendwo.«

Sie gingen an den spärlich, überwiegend mit älteren Leuten besetzten Bänken vorbei, entdeckten Adrian aber nirgends.

»Vielleicht ist er doch zur Würm gegangen«, meinte Allebertin.

»Wenn Sie Recht haben und er sich etwas antun will, sucht er keine Öffentlichkeit. Gibt es hier weitere Bänke?«

Er schien kurz nachzudenken, dann sagte er: »Kommen Sie!«

Er ging zum Eingang der Kapelle und zog an der Tür, die sich lautlos öffnen ließ. Sobald sich ihre Augen an das düstere Licht gewöhnt hatten, sahen sie in einer der vorderen Bänke eine Person sitzen, die mit gesenktem Kopf offenbar ins Gebet vertieft war. Als sie langsam nähertraten, flüsterte Allebertin: »Das ist er. Das ist Adrian.«

Er setzte sich ruhig auf die Bank, rutsche neben seinen Freund und sagte ruhig: »Adrian.«

Der rührte sich nicht. Jana kam von vorne, hob den Kopf des jungen Mannes und griff zum Telefon.

»Kripo. Kommissarin Vecera. Ich brauch sofort einen Notarzt in die Kapelle Maria Eich. Selbstmordversuch.«

»Er atmet noch«, sagte Allebertin, »aber nur ganz flach.«

»Der Arzt sollte jeden Moment hier sein«, antwortete Jana. »Haben Sie eine Vorstellung, was er genommen hat?«

»Er hatte mehrere Medikamente. Angstlöser, Beruhigungsmittel.« Er durchsuchte vorsichtig die Taschen seines Freundes und schüttelte den Kopf. »Nichts.«

»Bleiben Sie bei ihm«, sagte Jana und lief aus der Kirche. Sie begann, die Papierkörbe zu durchsuchen. Wenn er starke Medikamente besessen hatte, musste er sie hier genommen haben.

Ein Pater tauchte neben ihr auf: »Sie werden hier keine leeren Flaschen finden, junge Dame. Brauchen Sie Geld?«

Sie hielt ihm ihre Dienstmarke unter die Nase. »In Ihrer Kapelle hat ein junger Mann versucht, sich das Leben zu nehmen. Der Notarzt ist unterwegs, ich versuche, das Medikament zu finden, das er genommen hat.«

Der Pater blieb erstaunlich ruhig. »Sie denken, er hat es hier getan?«

Jana nickte.

»Kommen Sie!«

Sie liefen zu einem Kiosk am Weg, dessen Besitzer gerade schließen wollte.

»Was ist denn, Pater Eberhard?«

»Haben Sie die Papierkörbe schon geleert?«

»Wollte ich gerade.«

Jana nahm sich den einen, der Pater den anderen vor. Auf einmal rief er »Hier!« und hielt eine Medikamentenschachtel hoch. Jana förderte eine weitere zutage, als der Notarzt, gefolgt von einem Krankenwagen, an ihnen vorbeifuhr.

»Kommen Sie!«, rief Jana.

Gemeinsam hasteten sie zur Kapelle zurück.

»Wie sind Sie darauf gekommen, dass wir dort suchen müssen?«

»Ich dachte, er musste dazu etwas trinken.«

»An Ihnen ist ein Pater Brown verloren gegangen, Pater.«

Ein Sanitäter wollte ihnen den Zutritt verweigern, aber Janas Dienstausweis und des Paters Ordenskleid lösten das Problem schnell. Sie gingen zu den Helfern und als der Arzt aufblickte, gab ihm Jana die zwei Schachteln, die sie gefunden hatte.

»Das dürfte er genommen haben, Herr Doktor.«

Der Arzt warf einen kurzen Blick darauf und meinte dann zu Dominic Allebertin: »Sie sagten, er sei in psychiatrischer Behandlung.«

Allebertin nickte.

Der Arzt wandte sich einem der Sanitäter zu: »Sagen Sie in Großhadern Bescheid, dass wir kommen.«

»Stirbt er?«, fragte Allebertin.

»Nicht, wenn wir es verhindert können. Was wollte denn die Kripo hier?«, fragte er Jana

»Lange Geschichte, Herr Doktor. Wir müssen so bald wie möglich mit Ihrem Patienten sprechen.«

»Das könnte ein wenig dauern. In ein, zwei Stunden können Ihnen die Kollegen mehr sagen.«

»Fahren Sie mich in die Klinik?«, fragte Dominic Allebertin, nachdem Notarzt und Krankentransport abgefahren waren.

Jana nickte. »Wir sollten das, was Sie mir vorhin erzählt haben, schriftlich festhalten. Das können wir, während wir warten, kurz protokollieren. Außerdem sollte ich den Vater anrufen.«

»Da werden Sie kein Vergnügen haben.«

***

Sie war froh, dieses Mal einen Dienstwagen zu fahren, parkte ihn auf einem Personalparkplatz und legte die Polizeikelle deutlich sichtbar auf das Armaturenbrett. Am Empfang legte sie ihren Dienstausweis vor, fragte nach Adrian Aschenbach und wurde in die Notaufnahme verwiesen.

»Warum wollen Sie ihn denn sprechen, Frau Kommissarin?«, fragte der Pfleger hinter der Glaswand.

»Zum einen begleite ich seinen Lebensgefährten Herrn Doktor Allebertin, zum anderen ist Herr Aschenbach ein wichtiger Zeuge in einem Todesfall.«

»Ich sage Herrn Dr. Behrends Bescheid. Er kommt zu Ihnen, wenn er Zeit hat.«

»Wollen Sie wirklich bleiben?«, fragte Dominic Allebertin.

»Ja, das will ich. Ich muss wissen, wie es ihm geht. Außerdem müssen wir Ihre Aussage aufnehmen.« Sie holte einen Block aus ihrer Tasche. »Sie wissen«, fuhr sie fort, »dass es Ihnen freisteht, sich zu äußern, Sie müssen sich außerdem nicht selbst belasten. Allerdings dürfen wir das, was Sie mir vorhin gesagt haben, als sogenannte Spontanäußerung verwerten.«

»Wissen Sie«, antwortete Allebertin, »mich treibt das, was da geschehen ist, um, seit ich von Caspers Tod gelesen habe. Ich konnte mir das nicht erklären. Adrian hat mir hoch und heilig versichert, dass er genau das getan hat, was ich ihm eingeschärft hatte.«

»Und was war das?«

»Zu schauen, was er gerne isst, eine kleine Menge des

Erregers unterzurühren oder draufzugeben, wenn Casper auf das Buffet zusteuert und wenn er sich bedient hat, die Schüssel zu entfernen und zu entsorgen. Immer unter der Prämisse, dass es überhaupt möglich ist.«

»Das erscheint mir kompliziert.«

»Adrian war so versessen darauf, es ihm auf die gleiche Weise heimzuzahlen, wie er gelitten hatte. Ich habe mich breitschlagen lassen.«

»Hätte es nicht einen harmloseren Weg gegeben?«

»Die klassischen Brechmittel schmeckt man raus.«

Sie schüttelte den Kopf.

»Das mit dem Aneurysma konnten wir ja nicht wissen.«

»Das hat keiner gewusst.«

Sie fasste zusammen, was er ihr erzählt hatte, und ließ ihn unterschreiben. Kurz darauf öffnete sich die Tür, ein Arzt in weißem Kittel erschien und sah sich suchend um. Jana stand auf und sprach ihn an: »Herr Dr. Behrends?«

»Ja. Sind Sie die Dame von der Kripo?«

Sie zeigte ihre Dienstmarke und deutete auf Dominic Allebertin. »Das ist der Lebensgefährte von Herrn Aschenbach.«

»Worum geht es eigentlich?«

Sie lächelte den Arzt an. »Dominic möchte wissen, wie es seinem Freund geht, und wir müssen mit Herrn Aschenbach als Zeuge in einem Todesfall sprechen.«

»Wir?«

»Die Kriminalpolizei.«

Allebertin war hinzugetreten. »Wie geht es ihm?«

»Er kommt durch. Er hat einen ziemlichen Cocktail geschluckt, aber Sie haben ihn ja rechtzeitig gefunden. Wir verlegen ihn etwas später auf die Wachstation, im Moment ist er nicht ansprechbar. Am besten rufen Sie morgen früh dort an, ich gebe Ihnen gleich die Nummer.« Als er mit einem Notizzettel mit einer Telefonnummer zurückkam, fragte er Dominic Allebertin: »Sollen wir jemand benachrichtigen, hat er Familie?«

Allebertin sah Jana an.

»Ich kümmere mich darum«, antwortete sie dem Arzt. »Der junge Mann hat im Moment ein paar Probleme mit seiner Familie, vor allem dem Vater.«

***

Sie hatte Dominic Allebertin zurück in das Bornstein Institut gefahren und hielt kurz am Straßenrand an, um Adrians Vater anzurufen, als ihr etwas einfiel. Sie wählte Stepprāths Nummer.

»So spät noch unterwegs, meine Schöne?«

»So spät noch im Büro?«

»Scheißpapierkram. Was hast du denn?«

»Sag mal, habt ihr die Beweismittel im Fall Casper archiviert?«

»Glaubst du, wir betreiben das als Hobby?«

»Die Schüsseln und die Teller?«

»Ja doch.«

»Untersucht die bitte auf Fingerabdrücke, sofern das noch nicht geschehen ist.«

»Jana, da sind ...«

»Ich weiß, aber vielleicht ist einer von Adrian Aschenbach drauf.«

»Du hast die Gerüchte auch gehört.«

»Ich habe das Geständnis seines Mittäters.«

Jens Stepprath schien es die Sprache verschlagen zu haben. »Er wollte ihn wirklich vergiften?«

»Sein Lebensgefährte sagte, sie wollten ihm nur einen Denkzettel verpassen, und Aschenbach liegt nach einem Selbstmordversuch in der Uniklinik.«

»Ereignisreicher Nachmittag«, meinte Stepprath. »Ich lasse das prüfen.«

Als nächsten wählte sie die Nummer von Adrian Aschenbachs Eltern.

»Ich hätte gerne Herrn Dr. Aschenbach gesprochen.«

»Der Herr Doktor ist außer Haus. Worum geht es denn?«

»Um seinen Sohn Adrian.«

»Und Sie wären?«

»Kriminalpolizei. Kommissarin Vecera.«

»Aschenbach«, meldete sich eine weiche, weibliche Stimme kurz darauf. »Worum geht es?«

»Frau Aschenbach?«, fragte Jana.

»Ja.«

»Sind Sie die Mutter von Adrian Aschenbach.«

»Ja sicher, aber was will denn die Polizei von meinem Sohn?« Die Antwort war mit einer kleinen Verzögerung gekommen.

»Frau Aschenbach, Ihr Sohn hat einen Selbstmordversuch unternommen.«

Jana hörte, wie sie scharf die Luft einzog.

»Ist er ...«

»Sein Lebensgefährte und ich haben ihn rechtzeitig gefunden. Er liegt im Uniklinikum Großhadern, aber er kommt durch.«

Die Frau am anderen Ende atmete durch. »Darf ich fragen, was Sie damit zu tun haben, Frau Vecera?«

»Ich ermittle in einem Fall und habe Dr. Allebertin

vernommen.«

»Das ist der Freund meines Sohnes.«

»Sie wissen das?«

»Adrian ... Adrian und ich haben keine Geheimnisse.«

»Dann wissen Sie, worum es geht?«

Sie schwieg.

»Er hat Ihnen von Caspar Kurt Casper erzählt?«

Sie schwieg noch immer.

»Ich vermute, Sie wissen, wie Ihr Mann heute Morgen reagiert hat.«

»Woher wissen Sie das alles?«

»Das ist mein Beruf, Frau Aschenbach.«

»Ich werde jetzt nichts weitersagen.«

»Das brauchen Sie nicht. Ihren Sohn können Sie frühestens morgen sprechen, sagen die Ärzte.«

***

Sie hatte den Wagen in die Fahrbereitschaft zurückgebracht, war mit der U-Bahn zum Max-Weber-Platz gefahren und lief langsam zu ihrer Wohnung. Es war kurz nach neun, aber sie entschloss sich, Kriminaldirektor Biedermann auf dem Handy anzurufen.

»Was verschafft mir die Ehre zu so später Stunde?«

»Den vermeintlichen Mord an Casper können wir als geklärt betrachten.«

»Lukaschonsky hat also den Richtigen zum Verhör gebracht?«

»Ich weiß nicht, wen er zum Verhör gebracht hat, aber es war garantiert der Falsche. Der Richtige hat heute Nachmittag einen Selbstmordversuch unternommen, aber er wird überleben.«

Nach einem Moment des Schweigens fragte Biedermann: »Und wer ist der Schuldige?«

»Nachdem Casper an einem Aneurysma gestorben ist, dreht es sich nur um mittelbare Schuld. Adrian Aschenbach und sein Lebensgefährte Dominic Allebertin. Sie wollten CKC einen Denkzettel verpassen. Einen Mord hatten sie nie geplant.«

»Und das glauben Sie?«

»Ja. Ich werde die Fakten morgen früh Ihnen und dem Staatsanwalt vorlegen.«

Kaum hatte sie aufgelegt, als das Handy erneut läutete.

»Kommst du auf ein Glas vorbei?«

»Es war ein verdammt langer Tag, Georg, und alles, was ich jetzt brauche, ist eine heiße Dusche.«

»Ja dann.«

***

Als sie in einen warmen, weißen, flauschigen Bademantel gehüllt aus der Dusche kam, läutete es an der Wohnungstür. Hatte irgendjemand ein Paket angenommen? Sie erinnerte sich nicht, etwas bestellt zu haben. Sie öffnete die Tür, ohne lange nachzudenken, und sah Georg Grundinger vor sich. Er hielt eine Flasche Wein in der Hand.

»Wenn der Prophet nicht zum Berg kommt ...«

Sie seufzte, verdrehte die Augen und ließ ihn herein.

Donnerstag

Während sie überlegte, welcher Tag heute sei, nahm sie Geräusche in der Küche wahr. Ein Blick auf ihr Handy überzeugte sie, dass es Donnerstag, der 21. Juni geschlagen hatte, kurz nach halb acht. Sie gähnte ausführlich, als ein nackter Georg Grundinger mit zwei Schalen Müsli ins Schlafzimmer kam, ihr zuzwinkerte, verschwand und kurz darauf mit zwei Tassen Tee zurückkam.

»Den Kaffee in deiner Küche vergessen wir lieber«, meinte er und setzte sich im Schneidersitz neben sie ins Bett. »Aber zumindest hast du frisches Obst.«

Sie schüttelte den Kopf, gab ihm einen Kuss und begann, ihr Müsli zu essen. Eine halbe Stunde später meinte sie: »Ich muss jetzt wirklich aufstehen.«

»Schade.«

Sie sah ihn lange an. »Wohnt nicht jedem Anfang ein Zauber inne?«

»Hesse ist so was von out.«

Bevor sie die Wohnung verließen, griff sich Jana die Orange aus ihrem Obstkorb.

***

Eine Stunde später saß sie bei Kriminaldirektor Biedermann im Büro. Er hatte ihr handschriftliches Protokoll und ihre Aktennotiz zu den Aussagen von Dominic Allebertin durchgelesen.

»Sagte ich doch, Frau Vecera«, meinte er. »Tüchtigkeit zahlt sich aus. Ist das wasserdicht?«

»Stepprath analysiert die Fingerabdrücke. Wir sollten problemlos einen oder mehrere von Adrian Aschenbach isolieren können. Der Rest ist die Sache des Staatsanwalts.«

»Es ist deutlich mehr als ein Dumme-Jungen-Streich.«

Sie saß einen Moment nachdenklich vor Biedermanns Schreibtisch und meinte dann: »Es ist schief gegangen, gründlich, zugegeben. Aber nach dem, was mir sein Freund und Daniel Maier-Sanft erzählt haben ...«

»Verdient?«

»Niemand verdient so zu sterben, Herr Kriminaldirektor. Aber verständlich ist es schon. Reden Sie mit dem Staatsanwalt?«

Biedermann nickte.

***

Als sie auf dem Weg ins Büro in ihre Tasche griff, kam ihr eine Idee und sie lief zwei Stockwerke tiefer in die kriminaltechnische Abteilung. In Steppraths Büro meinte der: »Erhörst du endlich mein Flehen?«

»Quatschkopf.«

»Was dann?«

Sie zog aus ihrer Umhängetasche eine Orange.

»Vitamine für mich. Du bist zu gütig.«

»Könntest du mal schauen, ob das die gleiche Orangensorte ist, wie die, die zur Ermordung Huldrych Librorius benutzt wurde?«

»Woher hast du sie?«

»Von seinem Sohn.«

Er pfiff durch die Zähne, schnappte sich die Orange und verließ sein Büro. Einige Minuten später kam er mit einem kleinen blonden Wirbelwind im Schlepptau zurück.

»Jana – Maike, Maike – Jana.«

»Sie sind die Orangenexpertin?«

»Sagen wir so: Ich mag Obst und ich befasse mich damit.«

»Und?«

»Das ist die gleiche Sorte. Es ist eine besondere Züchtung, die mit wenig Wasser auskommt und überwiegend in Israel angebaut wird.« Sie strahlte. »Und sie schmeckt gut.«

»Das ist ein Beweisstück«, murmelte Stepprath.

»Ja, ja, Chef.«

»Dann müssten wir ihm nur noch die Blausäure nachweisen«, kommentierte Stepprath.

»Das wären reine Indizienbeweise. Klar, wir hätten dann die Mittel, die Möglichkeit und unter Umständen ein Motiv. Damit brauche ich aber nicht zur Staatsanwaltschaft gehen.«

»Das schwere Schicksal der Kriminalisten«, meinte Stepprath.

Ihr Telefon meldete sich, kaum dass sie die KTU verlassen hatte.

»Frau Vecera?«

»Ja?«

»Delgardis. Ich werde kurz nach elf in München sein. Wo können wir uns am besten treffen?«

»Bleiben Sie über Nacht, oder fahren Sie heute zurück?«

»Mir bedeutet Münchens nichts mehr. Ich fahre heute zurück.«

»Sollen wir zusammen Mittag essen?«

»Kennen Sie ein Etablissement, wo man sich ungestört unterhalten kann?«

»Ich kann das arrangieren.«

»Eine Polizistin mit Beziehungen«, meinte sie. »Wie und wo treffen wir uns?«

»Wann genau kommt Ihr Zug an?«

»11:17 Uhr.«

»Ich habe lange blonde Haare, bin groß und stehe am Ende des Bahnsteigs.«

»Im Zweifelsfall habe ich Ihre Handynummer.«

Sie rief im Rosenhof an und verlangte Georg.

»Hast du Sehnsucht?«

»Ich brauche einen Tisch für zwei heute Mittag.«

»Für zwei? Habe ich Grund zur Eifersucht?«

»Ich brauche einen ruhigen Tisch, wo man ungestört plaudern kann.«

»Und mit wem?«

»Mit Silvia Delgardis.«

Wenn sie pünktlich am Bahnhof sein wollte, musste sie sich sputen. Auf dem Weg wählte sie die Nummer, die ihr Dr. Behrends gegeben hatte.

»Kriminalpolizei, Kommissarin Vecera, ist Herr Aschenbach zu sprechen?«

»Wir haben ihn heute Morgen auf die Normalstation verlegt. Warten Sie, ich geben Ihnen die Nummer.«

Jana fischte einen Bleistiftstummel aus ihrer Tasche, notierte und wählte erneut.

»Herrn Aschenbach geht es den Umständen entsprechend«, hieß es. »Im Moment ist seine Mutter bei ihm.«

Sie sollte am Nachmittag vorbeischauen.

***

Kurz nachdem der Zug aus Zürich angekommen war, kam eine zierliche Frau in einem hellen Burberry und dunkelblonden Locken auf sie zu.

»Frau Vecera?«

Jana nickte.

»Silvia Delgardis.«

»Danke, dass Sie gekommen sind.«

Viertel vor zwölf hielt das Taxi vor dem Rosenhof, die Fahrt hatten sie schweigend verbracht. Keine der beiden wusste, was sie sagen sollte, vieles hätte der Taxifahrer zudem nicht hören sollen.

Als sie das Lokal betraten, kam ihnen Georg Grundinger in Jeans, weißen Hemd und einem Leinenjackett entgegen. »Herzlich willkommen. Ich habe für euch im Nebenzimmer einen Tisch gedeckt, da seid ihr ungestört. Darf ich vorangehen?«

Georg, ganz Gentleman, nahm die Garderobe der Damen, rückte die Stühle zurecht, platzierte vor jeder eine Speisekarte und fragte: »Darf ich einen Aperitif servieren?«

Jana sah Silvia Delgardis an, als die nickte, antwortete sie: »Nichts zu Heftiges, Georg.«

»Kennen Sie den Maître?«, fragte Frau Delgardis.

»Das ist der Besitzer. Ich bin durch Zufall auf sein Restaurant gestoßen und bin, da ich nicht weit von hier entfernt wohne, hängen geblieben.«

»Seinen Blicken nach zu urteilen, auch an ihm.«

Jana musste schmunzeln.

»Menschen haben mich von klein auf interessiert. Wie sie handeln, warum sie handeln, was sie antreibt.«

»Sind das die Themen Ihrer Bücher?«

»Letztlich ja, letztlich ist die Conditio Humana, um das hochtrabend zu formulieren, die Triebkraft hinter jeder guten Geschichte, jedem guten Roman.«

Georg erschien mit zwei Gläsern.

»Was servieren Sie uns denn da Schönes?«, wollte Frau Delgardis wissen.

»Einen Crémant d'Alsace mit einem Tropfen Calvados.« Er wartete, bis sie gekostet hatten und anerkennend nickten. »Darf ich eine Tafelspitzbrühe als ersten Gang empfehlen?«

»Warum nicht«, antwortete Jana, auch Frau Delgardis nickte.

Nach einem weiteren Schluck ihres Aperitifs fragte Jana: »Warum sind Sie nach München gekommen?«

»Um einige Dinge zu erklären und um Ihnen ein wenig Hintergrund zu verschaffen. Huldrych und ich kannten uns knapp fünf Jahre, wir mochten uns seit unserer ersten Begegnung, Liebe kam mit der Zeit hinzu. Es stimmt, ich bin knapp zwanzig Jahre jünger als er, aber mit zunehmendem Alter verlieren die Jahre an Bedeutung.« Sie sah Jana an, aber die schwieg. »Als wir begannen, mehr Zeit gemeinsam zu verbringen, lernte ich seine Kinder kennen.

Er ist mit 42 das erste Mal und mit 44 das zweite Mal Vater geworden.«

»Christian ist der Ältere, oder?«

»Das stimmt. Er ist zudem der, der mir von Anfang an misstraut hat.«

»Weil Sie ihm den Vater wegnehmen wollten?«

»Das war eher Danielas Angst, die sich aber schnell gelegt hat, als sie merkte, wie glücklich wir miteinander waren und dass ich mich aus den Familienangelegenheiten konsequent herausgehalten habe.« Sie sah Jana an. »Aus den geschäftlichen Dingen ebenso.«

Georg stellte zwei Schälchen mit Suppe vor sie und fragte: »Haben die Damen das Hauptgericht gewählt?«

»Was empfehlen Sie denn, Herr Georg?«, fragte Frau Delgardis.

»Nur Georg, Frau Delgardis. Der Herr Georg klingt mir zu sehr nach Helmut Qualtinger.«

Sie musste lachen. »Kennen wir uns?«

»Das wäre zu viel gesagt. Ich habe Sie letzten Freitag zum ersten Mal gesehen.«

Sie schloss kurz die Augen. »Sie waren einer von diesen drei Bloggern, die Huldrych eingeladen hatte.«

»Respekt.«

»Und Sie sind Georg Grotter.«

»Woher wissen Sie das?«

»Zürich ist ein Dorf, lieber Georg. Was empfehlen Sie denn?«

»Forelle aus dem Würmtal mit Fenchel, Blutorange und Noilly Prat, Lammkarree mit Kartoffel-Rosmarin-Gratin, die Lämmer stammen von einer befreundeten evangelischen Pfarrerin am Starnberger See, oder...«

»Forelle«, sagten die beiden fast wie aus einem Mund.

»Mit Vergnügen, die Damen. Dazu einen Grünen Veltliner?«

»Georg Grotter?«, fragte Jana, nachdem er verschwunden war.

»Ich hätte nie gedacht, dass er Gastwirt ist«, schmunzelte Silvia Delgardis. »Er schreibt Literaturkritiken für die Neue Zürcher Zeitung.«

»Wie sind Sie darauf gekommen, dass er es ist?«

»Ich wusste, was nur wenige wissen, dass Liberschwafel und Georg Grotter dieselbe Person sind.«

Jana schüttelte den Kopf.

»Man lernt nie aus, Frau Vecera. Wir waren bei mir und der Familie Librorius. Ich glaube nicht, dass Christian seinen Vater umgebracht hat. Für diesen Schritt fehlt ihm ...«

»Der Mumm?«

»Die Skrupellosigkeit, der Wagemut, das Maß an Bösem ... nennen Sie es, wie Sie wollen.«

»Christian hat mir erzählt, er möge Uhren und repariere sie.«

Silvia Delgardis verdrehte die Augen. »Das stimmt. Er ist fasziniert von diesen kleinen Zeitmaschinen, wie er sie nennt. Er hat eine Werkstatt in der Villa und ich weiß nicht, wie viele tausend Franken er schon in dieses Hobby investiert hat.«

Selbst wenn wir dort Blausäure finden, können wir ihm nie im Leben nachweisen, dass er Huldrych umgebracht hat, dachte sich Jana.

»Sie wissen nicht, wer es war?«, fragte Frau Delgardis.

»Wir haben Verdachtsmomente, aber wir können nichts beweisen.«

»Und diese Verdachtsmomente deuten auf Christian hin.«

Jana wiegte ihren Kopf hin und her. »Wie sind Sie auf die Orangen gekommen?«, fragte sie dann.

»Frau Dössegger hat mir erzählt, wie sie ihn gefunden hat. Und nachdem Sie von Blausäure sprachen ...«

Ein Kellner erschien mit zwei Gläsern, einer Flasche Wein im Kühler, ließ Jana probieren und schenkte dann ein. Kurz darauf brachte Georg den Fisch.

»Bon appétit, mesdames.«

Sie aßen schweigend und hingen ihren Gedanken nach.

»Also das perfekte Verbrechen?«, fragte Silvia Delgardis beim Espresso.

»Das gibt es nicht. Oder vielleicht doch. Es ist das Verbrechen, das nie entdeckt wurde, weil der Arzt oder der Leichenbeschauer zu dumm oder zu gutgläubig waren. Fast wäre es ja im Fall von Huldrych ähnlich gelaufen. Ich weiß nicht, was wir übersehen haben.«

»Ich verstehe, dass es an Ihnen nagt. Sie wollen der Gerechtigkeit zum Sieg verhelfen und den Täter bestrafen.« Sie leerte ihren Espresso. »Ich weiß nicht, ob ich Befriedigung empfinden würde, wenn Sie ihn fassen. Es würde mir Huldrych nicht wiederbringen.« Sie betrachtete die schweigende Jana. »Wir sollten bezahlen«, fügte sie hinzu.

»Ich regle das«, sagte Jana, als Georg mit drei Gläsern am Tisch auftauchte und sich unaufgefordert zu ihnen setzte.

»Ich schätze, alle Heimlichkeiten sind ausgetauscht.«

»Georg, Sie sind ein Filou«, meinte Frau Delgardis und nippte an dem Gläschen, das er vor sie gestellt hatte.

»Williamine.«

Georg Grundinger lächelte.

Nachdem sie Frau Delgardis zum Taxi gebracht hatte, kehrte sie in den Rosenhof zurück. Georg brachte ihr einen weiteren Espresso in ›ihren‹ Alkoven.

»Keinen Schritt weiter?«

»Wir können nichts beweisen. Wir hätten am Samstagmorgen das ganze verdammte Schloss durchsuchen sollen, aber auf Grund eines Verdachts hätten wir keinen Durchsuchungsbeschluss bekommen und bis wir einen bekommen hätten ...«

»... wären die möglichen Tatzutaten verschwunden gewesen.«

Jana seufzte und griff nach ihrem Handy, das in diesem Moment läutete.

»Ja? Frau Dössegger? Was haben Sie gefunden? Wo? Fassen Sie nichts an! Was? Der Hund ist tot? Nichts anfassen! Wir kommen sofort.«

Sie legte auf und wählte erneut.

»Jens? Ich brauche dich und ein kleines Team in Schloss Iringsburg. Was? Ja, sofort!«

Sie sprang auf.

»Was ist jetzt los?«

»Erzähle ich dir heute Abend.«

***

Sie rannte zu ihrem Mini, verfluchte die Tatsache, dass an Privatwagen von Polizeibeamten Blaulicht verboten war, und fuhr nach Iringsburg. Als sie auf den Schlosshof fuhr, waren Jens Stepprath und die KTU schon da und standen um ein Rosenbeet im Hof.

»Und?«, fragte sie.

»Wir wollten, dass du erst einen Blick darauf wirfst«, meinte Stepprath.

»Was ist das mit dem Hund?«

»Der ist tot. Es ist der Hund des Hausmeisters. Frau Dössegger sah ihn vom Fenster aus in den Rosenbeeten buddeln und lief hinunter, um ihn zu verscheuchen. Als sie unten ankam, taumelte der Hund auf drei Pfoten und brach zusammen. Beim Betrachten der Stelle, wo er gegraben hatte, sah sie eine Nadel aufragen und rief dich an.«

»Legt das frei und schaut, ob ihr mehr findet. Wir beschlagnahmen den Hund.«

Als Frau Dössegger aus der Haustür kam, ging Jana zu ihr und sagte: »Das haben Sie gut gemacht«

»Kann das mit Herrn Librorius zu tun haben?«

»Möglicherweise.«

Zurück bei den Beamten der KTU sah sie, dass Stepprath einen Asservatenbeutel mit einer Spritze in der Hand hielt, während zwei Mitarbeiter mit Atemschutzmasken vorsichtig von Hand in dem lockeren Erdreich gruben. Kurz darauf förderten sie auf kleine Flasche aus braunem Glas zutage, die ebenso verpackt wurde.

»Das sollte es gewesen sein«, meinte Stepprath.

»Sucht noch ein wenig weiter.«

Er zog die Augenbrauen hoch. »Was erwartest du zu finden?«

»Latexhandschuhe.«

Es dauerte eine Viertelstunde und sie waren am anderen Ende des Beetes vergraben. Jana konnte sich ein Grinsen nicht verkneifen.

Jens Stepprath schüttelte den Kopf. »Gut, dass der große Meister nicht dabei war.«

»Bitte das ganze Programm, Jens. Der eine oder andere Fingerabdruck wäre nett.«

***

In ihrem Wagen sitzend wählte sie die Nummer des Krankenhauses, um nach Adrian Aschenbach zu fragen. »Herr Aschenbach ist heute Morgen auf Veranlassung seiner Mutter in eine Privatklinik verlegt worden.«

Am Bornstein Institut teilte man ihr mit: »Herr Allebertin ist seit heute auf seinen Wunsch freigestellt.«

Als sie sein Handy anrief, antwortete er nach dem dritten Läuten. »Wir müssen ein paar Details klären, Herr Dr. Allebertin.«

»Ich bin auf dem Weg nach Genf. Man hat mir ein interessantes Angebot gemacht, das ich gerne wahrnehmen möchte.«

»Sie werden trotzdem nach München zurückkommen müssen.«

»Ich werde in München durch die Rechtsanwälte Bruckhaus, Flechtmann und Gieringer vertreten.«

»Sind das die gleichen, die Adrian vertreten?«

Er schwieg.

»Hatten die Aschenbachs ein Einsehen, oder haben Sie sich kaufen lassen?«

Er hatte aufgelegt.

Sie rief Biedermann an. »Warten Sie bitte auf mich.«

Eine dreiviertel Stunde später saß sie ihm gegenüber.

»Hat Stepprath schon geliefert?«

»Noch nicht, aber, außer der Gärtner in diesem herrschaftlichen Anwesen arbeitet mit Latexhandschuhen, sollten wir ein paar Fingerabdrücke finden.«

»Und wie verknüpfen Sie das mit den gefundenen Utensilien?«

»Das ist das Problem des Staatsanwalts.«

»Und die Causa Aschenbach?«

»Ihn hat die Mutter in einer Privatklinik untergebracht. Ich habe nicht gefragt wo, und sie wird es mir sicher nicht sagen. Ich würde in der Schweiz vermuten. Allebertin ist nach Genf unterwegs, wo man ihm einen interessanten Job angeboten hat.«

»Aschenbach?«

»Das wäre meine Vermutung. Sie wissen doch, wie das bei den oberen Zehntausend in München läuft.«

»Na, na, Frau Vecera. Vor dem Gesetz sind alle gleich.«

Jana betrachtete ihre Hände.

»Haben Sie die Berichte fertig?«

»Es fehlt nur Stepprath, dann kann das Ganze zur Staatsanwaltschaft.«

»Ich habe Herrn Ackermann ›in the loop‹, wie er so gerne sagt, gehalten. Er ist zufrieden.«

»Na, ja.«

»Sie meinen, Aschenbach? Irgendwann kommt der nach Deutschland oder wir bekommen Amtshilfe. Wenn ich Sie richtig verstehe, brauchen wir nur den Abgleich der Fingerabdrücke.«

»Da wird er sich herauswinden.«

»Seien Sie doch nicht so pessimistisch. Hören Sie, nehmen Sie sich den Rest der Woche frei. Sie haben es verdient. Nebenbei bemerkt: Lukaschonsky wird zum 1. September an die Polizeiakademie versetzt.«

Sie sah ihn ungläubig an: »Und auf welche Position?«

»Stellvertretender Leiter.«

»Erster Kriminalhauptkommissar?!«

»Jetzt seien Sie doch nicht so, Frau Vecera. Da kann Waldi im Körbchen liegen und er bewegt Papier von rechts nach links.« Er schwieg einen Moment. »Und Sie werden zum 1. September Kriminalhauptkommissarin. Das ist doch ein schöner Erfolg.«

»Vielen Dank, Herr Kriminaldirektor.«

»Jetzt mal im Ernst, Frau Vecera. Sie können es weit bringen bei uns. Aber Sie müssen das Leben eben nehmen, wie es in München eben ist.«

Sein Telefon läutete. »Ja, die ist hier. Haben Sie etwas gefunden? Im Handschuh und einen identischen Teilabdruck auf der Flasche? Großartig, danke, Stepprath. - Sehen Sie, Frau Vecera? Ende gut, alles gut. Jetzt brauchen wir nur den Vergleichsabdruck von Christian Librorius. Wollen Sie das zu Ende bringen?«

Sie schüttelte den Kopf. »Schlagzeilen sind nicht so mein Ding.«

»Wir sehen uns Montag.«

***

Kurz vor sieben saß sie wieder im Rosenhof vor einem fast unberührten Glas Wein, als Georg sich ihr gegenübersetzte. »Was hast du denn?«

»Ich denke, den Librorius Fall haben wir, zumindest aus unserer Sicht, gelöst. Aschenbach ist eine andere Kiste. Außerdem soll ich Urlaub nehmen.«

»Das ist doch eine prima Idee.«

»Ich weiß nicht.«

»Ich habe vor zwei Jahren einen alten Hof im Sarntal gekauft und bin dabei, ihn umzubauen.«

»Und du brauchst eine billige Arbeitskraft?«

»Küche, Schlafzimmer und Stube sind fertig«, meinte er grinsend.

»Du kannst doch hier gar nicht weg.«

»Manchmal haue ich von einer Minute auf die andere ab. Meine Leute wissen das.«

»Und heute?«

»Geh packen. Ich warte hier auf dich.«

***

Nachdem sie alles Wichtige für ein paar Tage in eine Tasche gepackt hatte und die Treppe hinunterlief, läutete ihr Telefon erneut.

»Sind Sie die Kriminalbeamtin, die gestern in Maria Eich war?«

»Wer sind Sie denn?«

»Pater Bernhard.«

»Wie haben Sie denn meine Handynummer herausbekommen?«

»Fragen Sie nicht.«

»Und warum rufen Sie an?«

»Wir haben in der Kirche eine Medikamentenpackung gefunden, die wahrscheinlich dem jungen Mann gehörte. Ich wusste nicht, ob das wichtig ist.«

Sie brauchte nicht nachzudenken.

»Das ist wichtig, Pater. Lassen Sie sie liegen, wo sie ist, wenn Sie sie schon bewegt haben, fassen Sie sie bitte nicht weiter an. Ich schicke Ihnen jemand, der sie abholt. Herzlichen Dank, das hat uns geholfen.«

Als nächstes rief sie den Kriminaldauerdienst an und bat, einen Kollegen nach Maria Eich zu senden, um ein Beweisstück zu sichern. Schließlich wählte sie Steppraths Mobilnummer.

»Dieses Mal hast du Lukaschonskys Glück«, meinte der. »Schönen Urlaub. Wohin fährst du denn?«

»Ins Sarntal.«

***

Georg Grundinger lehnte an seinem alten Citroën DS, als sie lächelnd den Hof der Gaststätte betrat. Sie warf die Tasche auf die Rückbank und ließ sich in die Polster sinken.

»Was gibt's?«, fragte er.

»Frag nicht«, antwortete sie und gab ihm einen Kuss. »Fahr einfach los.«